Née à Cannes en 1956, Brigitte Aubert n'est pas une novice dans l'art subtil de faire peur. Auteur de nombreux scénarios, elle est aussi productrice de courts métrages, dont l'adaptation de *Nuits noires*, nouvelle primée au concours « Série noire TF1 / Gallimard » de 1984. Elle a publié de nombreux romans, et notamment, aux éditions du Seuil, *Les Quatre Fils du Dr March* (1992), *La Mort des bois* (1996) qui a obtenu le Grand Prix de littérature policière, *Requiem Caraïbe* (1997), *Transfixions* (1998), *La Mort des neiges* (2000), *Le Chant des sables* (2005), *Une âme de trop* (2006) et *Reflet de sang* (2008). *Le Couturier de la mort* est le premier volet de la trilogie *Mortelle Riviera*.

Brigitte Aubert

# LE COUTURIER
# DE LA MORT

ROMAN

Éditions du Seuil

TEXTE INTÉGRAL

ISBN 978-2-7578-1853-4
(ISBN 2-02-033817-3, 1ʳᵉ publication poche)

© Éditions du Seuil, avril 2000

*Il était un petit homme*
*Pirouette Cacahuète*
*Il était un petit homme*
*Qui avait une drôle de maison*
*Le facteur qui est entré*
*Pirouette Cacahuète*
*Le facteur qui est entré*
*y a perdu le bout du nez...*

# CHAPITRE 1

Le vent chaud soulevait des tourbillons de pluie grasse. Les gens couraient, leurs légers vêtements d'été collés au corps. Le ciel s'était obscurci d'un coup, lourds nuages noirs, lointains coups de tonnerre. Des gosses, chaussés de sandalettes en plastique fluorescent, sautaient à pieds joints dans le vénérable bassin qui ornait le centre de la place. Le marchand de glaces, surpris par l'orage, se mit à ranger précipitamment son éventaire.

*Il pleut, ça s'est mis à tomber d'un coup, c'est agréable, comme une main fraîche sur le visage. L'autobus n'arrive pas. Mes deux jambes parallèles, bien plantées sur le sol, je bouge la droite, je bouge la gauche, elles sont à moi, elles obéissent. Mes doigts, resserrés sur les poignées du sac en plastique, mes doigts, soldats fidèles, balancez le sac nonchalamment et vous, mes lèvres, à la docile duplicité, fredonnez « Tiens, voilà du boudin », tandis que mes yeux, précieux viseurs du prédateur, ne quittent pas le pauvre con en uniforme qui se tient au milieu des embouteillages, stoïque sous l'averse.*

9

L'agent de police Marcel Blanc était fatigué. Épuisé. Il regardait les voitures tourner comme un carrousel sans fin, les piétons passer en hordes glapissantes, en poussant de longs soupirs. Il avait très soif, trop chaud, les pieds en feu et envie de pisser. Il avait dit à Madeleine qu'il rentrerait vers huit heures, ce soir. Elle allait l'attendre en râlant, les gosses auraient pris des claques, la télé braillerait... Encore trois mois à tenir avant le jugement de divorce, soupira-t-il in petto, en lissant sa moustache aussi rousse que ses cheveux bouclés coupés ras.

Dégoulinant de pluie tiède, l'agent de police Marcel Blanc, tout en notant machinalement les allées et venues des gens autour de lui – la petite vendeuse de la librairie riant trop aigu avec deux jeunes Allemands arborant piercings et jeans troués, le directeur du cinéma voisin en grande conversation avec la gérante du magasin de lingerie –, rêvait qu'il s'enfuyait aux Bahamas avec la belle brune du Roi du Charolais, et qu'ils se roulaient nus dans le sable tiède, sur des plages désertes et non polluées.

L'autobus arriva enfin, s'immobilisa dans une flaque. Dégorgea ses passagers chargés de paquets qui s'égaillèrent sous la pluie. Une jeune femme aux abondantes boucles brunes, le front orné d'un léger tatouage bleu, en descendit à son tour. Elle tenait par la main un petit garçon bouclé, de quatre, cinq ans, l'air malicieux. Une jupe et un débardeur noirs, ceints d'une lourde ceinture en cuir clouté, mettaient en valeur sa taille et sa poitrine ferme.

Par hasard, les yeux noirs de la jeune femme croisèrent les yeux gris de Marcel, rapidement, avant de se reporter sur le gamin. Marcel la suivit du regard, malgré

10

lui. Quelque chose dans les traits anguleux et fiers, dans la démarche souple, l'attirait. Son regard effleura au passage le petit homme qui se balançait avec son sac en plastique mais ne s'y arrêta pas. La fille le fascinait trop. Il la voyait passer tous les jours. Son tatouage bleu sur le front évoquait l'Afrique du Nord. Le vent du désert... « Ouais, mais les filles du désert c'est pas pour les p'tits Blancs », comme dirait Jean-Mi, le serveur du Claridge.

Des vociférations le tirèrent de sa rêverie. Une femme en tailleur Chanel insultait un jeune homme qui avait failli la heurter en ouvrant la portière de son break. Marcel se sentit obligé d'intervenir. La femme secoua son opulent chignon gris, grommela quelque chose sur « ces trouillards de flics » et s'éloigna en rayant sournoisement la carrosserie du break avec la pointe de son parapluie griffé.

Marcel soupira. Encore un an et il pourrait passer le concours de lieutenant par la voie interne. En attendant, faute de diplômes (« Les diplômes, c'est pour les feignants », ânonnait son père, entre deux kils de rouge), Marcel gardait la paix publique, huit à douze heures par jour, vu qu'en pleine saison on manquait d'effectirs

Le petit homme sortit quelque chose de son sac en plastique et le porta à sa bouche, furtivement.

Marcel consulta sa montre et se dit qu'il crevait de faim.

Le petit homme regardait Marcel qui ne le regardait pas. Il sourit pour lui tout seul, découvrant de vilaines dents pointues jaunies par le tabac et l'absence de brossage. Il n'aimait pas le contact de l'eau du robinet, l'idée de l'eau domestiquée de la douche. Le goût de savon du dentifrice. La viscosité déplaisante du savon Grasse onctuosité qui étouffait la bonne odeur de la peau. Il se concentra sur la bouchée qui roulait entre ses dents.

*C'est bon pour les gencives de mâcher de la viande crue. Mâchez, mâchoires. Extirpez la saveur. Faites juter le jus. Broyez les fibres goûteuses sous le long nez de ce pauvre vieux Marcel !*

Le talkie-walkie de Marcel se mit soudain à grésiller :

« Intervention immédiate, je répète, immédiate, impasse de la Pompe, intersection Saint-Louis et Joffre. »

– J'y vais !

En petites foulées athlétiques, l'agent de police Marcel Blanc s'élança vers la ruelle en contrebas et, ce faisant, dépassa la jeune femme au tatouage. Marcel lui fit un petit salut, deux doigts à la casquette, sans cesser de courir. C'est pourquoi il ne vit pas le réverbère et se le prit de plein fouet. La vibration résonna jusque dans ses talons. Mais le devoir l'appelait, et il continua à courir, en reniflant dédaigneusement, au mépris du superbe œuf de pigeon qui commençait à se former sur son front.

Dans la ruelle, il faisait sombre. La pluie avait cessé aussi soudainement qu'elle était venue. Par les fenêtres ouvertes, il entendait les télés poussées à fond, voyait des familles s'installer pour dîner. Un gosse se ramassa une paire de claques, un vieux rentrait précipitamment sa lessive, un sommier grinçait sur un rythme sportif. Marcel embrassa du regard la perspective de la ruelle envahie de détritus, s'immobilisa. Au fond de l'impasse, un petit yorkshire gémissait sans discontinuer.

Il s'avança lentement vers le chien, la main sur son holster. Le chien leva la tête vers lui, secouant le nœud rouge qui lui ornait le sommet du crâne, et se mit à gémir de plus belle. Marcel fit encore un pas.

Le corps était allongé par terre, à moitié couché dans une poubelle renversée. Debout dans l'ombre, contre le mur en face, se tenait une dame, la soixantaine bien mise, son sac à main serré sur sa poitrine, un mouchoir devant la bouche, secouée de hoquets. Marcel s'approcha d'elle en reprenant son souffle et constata aussitôt qu'elle puait sacrément le vomi. Il expira à fond, désignant le corps étendu :

– Qu'est-ce qui se passe ? Ce monsieur a eu un malaise ?

L'odeur du sang, du sang frais, s'imposa brusquement à ses narines. La vieille dame ne semblait pas blessée. Donc... Des images de règlements de comptes, de dealers, d'overdose, défilèrent en rafales.

Le yorkshire gémissait de plus en plus fort. Marcel avança prudemment jusqu'au corps étendu, immobile, dont seules les jambes dépassaient du tas de détritus, enregistrant le hurlement des sirènes qui se rapprochaient.

– Vous avez vu ce qui s'est passé ? demanda-t-il, retardant le moment où il devrait se pencher pour voir par lui-même.

– Hon ! hon ! hoqueta la vieille dame, le visage toujours enfoui dans son mouchoir.

État de choc, diagnostiqua Marcel, les vieilles dames ont les nerfs fragiles. Bon, inutile de tergiverser. Il s'agenouilla près de l'homme étendu au milieu des sacs poubelles et allait poser sa main sur son épaule quand il suspendit son geste, les yeux exorbités.

D'abord, parce que l'homme en question était ce qu'il y avait de plus mort. Ensuite, parce qu'il ne s'agissait pas vraiment d'un homme. Le problème était qu'il ne s'agissait pas non plus vraiment d'une femme. Car si le corps portait un pantalon dont la braguette ouverte révélait une anatomie incontestablement masculine, la tête, elle, à moitié enfouie sous des épluchures de légumes, était celle d'une belle blonde aux yeux bleus.

La solution de cette incongruité anatomique ne relevait ni du transvestisme, ni de l'hermaphrodisme, mais tout bêtement de la couture. En effet, la tête de femme, proprement sectionnée, avait été rattachée au cou de l'homme à l'aide de gros points cousus de fil noir. On les distinguait très nettement, à la hauteur de la carotide, toute une ligne de petits traits noirs. Et de plus, songea Marcel en vomissant copieusement sur ses chaussures, de plus, les bras aussi avaient été cousus, de vieux bras tout ridés, tavelés, et il manquait, oui, il manquait une main, tout un morceau de main, comme... mordillé...

Un spasme le secoua, irrépressible, pendant que ses collègues envahissaient la ruelle.

– Alors, Blanc, le plateau-repas ne passe pas ?

Le capitaine Jeanneaux, dit Jean-Jean, de la brigade criminelle, toisait Marcel en train de dégueuler. Marcel se redressa d'un bond.

– S'cusez moi, insp... mon capitaine !

Il avait du mal à s'habituer à la nouvelle dénomination et il ne savait jamais s'il fallait dire « capitaine » ou « mon capitaine ».

Pour le moment, le capitaine jetait un coup d'œil sur le corps, et se détournait sans qu'un muscle de son fin visage bronzé frémisse.

14

– Les saloperies qu'on peut voir ! laissa-t-il tomber la bouche tordue.

Impassible, cynique et dur, c'était comme ça qu'il se la jouait depuis son entrée dans le service, Jean-Jean. Il avait passé son adolescence à singer les affranchis de cinéma et, en tant qu'enquêteur, il se sentait plus proche de Malko Linge que de Jules Maigret.

– Costello, empêche les trouducs d'approcher et vire-moi ce clebs, s'il te plaît, lança-t-il à son adjoint, dont les cheveux clairsemés teints en noir et plaqués en arrière et la fine moustache lui donnaient un air de mac napolitain, ce qu'avait été son père toute sa vie.

Après que sa femme eut succombé à la syphilis, Costello Père avait envoyé son fils vivre en France chez sa sœur, une veuve bigote, et Antoine Costello avait reçu une excellente éducation dans une institution religieuse. Mais – hérédité ? – il affectionnait particulièrement les vêtements et les allures des proxos des années 50, ce que personne n'osait lui dire, car c'était un homme d'une éducation surannée dont le plus grand bonheur consistait à traduire Mallarmé en grec ancien.

Joignant ses longues mains de pianiste – ou d'étrangleur –, le lieutenant Costello lança un « Veuillez avoir la bonté de vous écarter ! » au bas peuple qui commençait à s'agglutiner.

– Bien qu'édifiant, le spectacle n'est pas des plus réjouissants, ajouta-t-il.

Éberlués par le langage sophistiqué de ce mac sur le retour, qui, qui plus est, se révélait être un flic, les gens reculèrent.

Costello souleva le petit chien tremblotant et le tendit à sa propriétaire, à qui une voisine en doudou faisait boire un verre d'eau fraîche.

– Ce canidé a besoin d'être réhydraté ! lança-t-il à la voisine qui ouvrit la bouche et la referma, se demandant si en dialecte flic « canidé » signifiait « clébard ».

Ramirez, l'autre adjoint de Jean-Jean, penchait ses cent kilos velus vers le corps, ses grosses cuisses frémissantes sous la toile légère de son pantalon beige, sa bouche charnue grande ouverte.

– Chef, chef, z'avez vu, chef, le chien y a bouffé la main, z'avez vu, chef ? haleta-t-il en se redressant, congestionné par l'effort, passant une main boudinée dans ses cheveux gris mal coupés.

Jean-Jean, qui méprisait copieusement son vulgaire et obèse subordonné, soupira sans répondre en chassant d'une pichenette une poussière sur sa chemisette Lacoste couleur saumon.

– Menteur ! Jamais mon Zouzou n'aurait fait une chose pareille avec un monsieur qu'il ne connaît pas, jamais !

La vieille dame, outragée, agitait son mouchoir souillé de vomissures sous le nez de Ramirez qui suffoquait.

Jean-Jean, patelin, tapota l'épaule de Marcel.

– Ben, c'est peut-être Marcel qui avait une petite faim, hein Marcel ? se crut-il obligé de dire, au grand dam de Costello qui ne supportait pas le cynisme. Allez, calmez-vous ma petite dame, ajouta-t-il, sémillant, et venez par ici, je suis le capitaine Jeanneaux, je vais prendre votre déposition.

La pluie s'était remise à tomber et dégoulinait sur le corps, ça faisait une petite chanson triste. Antoine Costello se signa sous le regard goguenard de ses confrères.

– Toi aussi, je prierai pour toi quand tu seras mort..., dit-il à Ramirez.

Lequel porta la main à son cœur enfoui sous la graisse en protestant :

– Parle pas de malheur, Tony !

L'ambulance s'arrêta dans un grincement de freins. Deux jeunes types en blouse blanche sautèrent au sol et bousculèrent Marcel qui s'écarta. L'œil fixé sur Jean-Jean, il se disait d'une part que ce sale con se prenait vraiment pour un flic de film et d'autre part que, pour une fois, il aurait quelque chose à raconter à sa future ex-femme...

– Bordel ! lâcha un des brancardiers en saisissant le corps.

C'était le moins qu'on puisse dire.

En descendant de l'autobus, le petit homme glissa et manqua se casser la figure. Un grand type se mit à rire. Le petit homme le regarda calmement. L'autre se détourna. *Les humains, c'est comme les chiens, faut leur montrer qui est le maître.*

À peine chez lui, il se jeta sur le canapé, un gros machin rembourré à l'ancienne, héritage d'une tante qu'il avait à peine connue. Alluma la télé. Une grande télé neuve, coins carrés, écran extra-plat, son numérique et tout. Il aimait la télé. Il était abonné au câble. Trente-six chaînes, zap-zap-zap, jour et nuit, plus de jour, plus de nuit, bruit, images, musique, kaléidoscope permanent du monde en mouvement, mouvement, il aimait le mouvement. Il se brancha sur Eurosport.

*Avec un peu de chance le match ne sera pas fini. Tout juste : échange de balles blanches sur le court trempé, décidément il pleut partout, encore un été pourri...Regarde-moi ce con comme il a tapé à côté, allez bouge-toi, connard !*

Tout en insultant les joueurs, le petit homme renifla sa main, s'enivrant de l'odeur douceureuse qu'elle exhalait. Il sourit tout seul, exhibant ses dents jaunes et pointues. Il avait vu un reportage sur les anciens cannibales des îles Samoa qui se limaient régulièrement les canines et avait décidé de suivre leur exemple.

*Des gens ingénieux et pragmatiques, ces sauvages. Proches de la nature, comme moi. Qu'est-ce que c'est, la nature, sinon le meurtre organisé à grande échelle ? Bon, c'est pas tout de philosopher, faut aller voir dans la glacière, préparer un autre assortiment...*

Il se leva, s'étira paresseusement en se grattant l'entrejambe. Alluma une Gitane et aspira longuement la fumée. Il se sentait incroyablement bien. Il n'aurait jamais cru que ça lui procurerait autant de plaisir. Jusque-là, il s'était contenté des cadavres laissés à sa disposition. Il avait quelques belles compositions à son actif, un chiencharat à six pattes et trois queues, entre autres. Mais là, là, c'était vraiment autre chose !

*Guetter les proies, les surprendre, les tuer rapidement, les transporter dans ma tanière, les coucher sur la table, natures mortes in situ, voir la scie tracer son sillon dans leur chair qui s'ouvre et s'évase, laissant apparaître l'entrelacs des vaisseaux sanguins, appuyer, trancher, sentir l'os se scinder, séparer les membres et la tête, une tête qu'on tient par les cheveux, dont on sent le poids au bout du bras, c'est comme une transfusion de vodka pure, un trip sans pareil, un au-delà du réel réservé à l'élite des chasseurs !*

Il souleva le couvercle du congélateur grand modèle, un sourire ravi étirant ses lèvres minces. C'était la première fois qu'il passait à l'acte avec des êtres humains. Non, la seconde, pour être exact. Mais la première ne comptait pas vraiment, ça s'était fait presque malgré lui. Il ferma les yeux, il ne voulait pas y penser, il n'avait jamais envie d'y penser. Il préférait se revoir dans le square, à la nuit tombée, l'odeur des feuilles, le pépiement des moineaux. Il avait attendu, patiemment, longuement, vibrant d'excitation. Avec les cobayes habituels, il n'y avait pas l'excitation de la chasse. Il n'y avait que des bêtes mourantes, à qui il faisait l'injection finale, dans le silence habituel du laboratoire. Il n'y avait pas de vent dans les branches, pas de passants innocents, de coups d'avertisseurs si proches et si loin de cette attente magique.

Il revivait chaque capture, seconde par seconde, ses muscles tressautant à leur évocation. Le petit cri de terreur de la caissière, tout de suite coupé net par le fil aigu du rasoir, la sensation de sa lourde poitrine s'écrasant contre lui, la révélation qu'un corps mort pesait lourd. Le vieil homme, avachi dans l'herbe rase, complètement parti. Il n'avait même pas ouvert les yeux, passant de la nuit terrestre à la nuit éternelle sans le savoir. Le jeune type, lui, avait bien essayé de se défendre, mais avec un sac en plastique enfilé sur la tête, c'était dur, et puis il l'avait tout de suite piqué au cœur, bien profond.

Il secoua la cendre de sa cigarette dans l'évier.

En fait, le plus dur, ça avait été de les mettre discrètement dans la camionnette. Heureusement qu'il avait la grosse caisse à outils à roulettes, pour le compresseur. Personne ne faisait jamais attention aux gars en bleu de travail qui trimballent des trucs.

Mais si, par contre, ce con de Marcel Blanc croyait que personne n'avait remarqué son manège avec cette femme ! La peau trop brune... sur les peaux brunes, les incisions, ça doit se voir moins bien. C'est comme de dessiner sur du papier sombre. Ou alors, fallait creuser profond, pour qu'on voie le rose de l'intérieur. Tout était une question de contraste. Enfin, chacun ses goûts...

Lui, il aimait les grandes blondes siliconées, avec des grains de beauté. Malheureusement, les blondes l'aimaient peu.

Herblain, le médecin légiste – que les flics appelaient plus familièrement « Doc 51 » –, s'assit sur le bureau de Jean-Jean occupé à agrafer des liasses de paperasses rose pisseux à des liasses de paperasses vert hôpital. Jean-Jean transpirait. Il faisait lourd et moite, un vrai temps tropical. L'orage tournait sur les contreforts montagneux, les mouches étaient hargneuses, et tout le monde de mauvaise humeur. Il leva les yeux vers Herblain, scrutant son visage maigre et ridé pour y déceler quelques indications. Dès son internat, Herblain avait pris l'habitude de noyer ses émotions sous des litres de pastis, d'où son surnom, et il flottait en permanence sur un nuage de bonne humeur. Il s'essuya le front avec un vieux mouchoir constellé de déjections diverses, le remit dans sa poche après l'avoir soigneusement replié et soupira :

– Jamais vu ça... un vrai puzzle !

Il émit un petit rire sec qui se termina en toux, la toux rauque des alcooliques.

Un puzzle de chair aux pièces taillées sur mesure, se dit Jeanneaux sombrement.

– Le corps doit avoir environ trente ans, reprit Herblain quand la quinte s'arrêta, c'est celui d'un homme costaud, très velu, en parfait état de marche. La tête : une jeune femme de vingt-cinq, vingt-six ans, je dirais

Et les bras, eh oui les bras, eh bien je penche pour un vieillard d'au moins soixante-quinze ans, une cloche ou quelque chose comme ça, les bras troués comme une passoire.

– Troués avec quoi ?

– Avec une seringue, inspecteur, probablement remplie d'héroïne ou de gros rouge ! Je me demande dans quel état est le reste... murmura-t-il d'un air joyeux.

– Le reste ?

– Les restes, plutôt. Ben oui, mon p'tit Jeanneaux, les corps humains comportent en général deux bras, deux jambes, un torse, une tête, donc il y a forcément quelque part les morceaux manquants de notre plurielle victime. Bon, c'est pas tout ça, faut que j'y aille, c'est l'anniversaire de ma petite-fille...

– Faites-lui une bise de ma part. Dites-moi, j'y pense, pour coudre de la chair, il a dû falloir une super aiguille, non ?

– Une aiguille de chirurgien, ou une de ces grosses aiguilles dont on se sert pour les jeans ou le cuir. Vous savez, la peau ça se troue facilement, ha ha ha !

– Ha ha ha ! On ne peut pas savoir de quoi ils sont morts ?

– Impossible ! Tout ce qu'on a est en bon état. S'il y a des traces, c'est sur les morceaux manquants. Enfin, Jean-Jean, vous allez bien nous retrouver tout ça, non ?

– Peut-être aux objets trouvés, avec un peu de chance ! Allez salut, docteur, ha ha ha !

Caché derrière la fumée de son éternel cigarillo, Costello avait suivi, écœuré, l'échange de répliques à l'humour forcé. Ce pauvre Jean-Jean n'était décidément qu'un jean-foutre.

# CHAPITRE 2

L'agent Marcel Blanc rêvassait sur la place publique. Aujourd'hui, il faisait encore plus chaud, pas un souffle d'air. Du plomb fondu, comme on dit dans les livres. Il repensait à la soirée de la veille : au lieu de lui faire une énième scène, Madeleine l'avait traité en héros. La première fois en quinze ans de vie commune qu'il s'occupait de quelque chose d'intéressant ! avait-elle décrété en secouant son opulente chevelure décolorée. Un meurtre absolument répugnant qu'il fallait immédiatement relater à toutes ses copines, s'était-elle exclamée en arrondissant les lèvres pulpeuses qui avaient jadis séduit Marcel, ses mains potelées jointes sur son abondante poitrine. S'en était suivie une crise de téléphonite aiguë.

En fait, Madeleine refusait complètement d'accepter qu'ils étaient en pleine procédure de divorce, voilà la vérité. Marcel haussa les épaules : stop avec Madeleine, elle l'avait empêché de respirer pendant trop longtemps. Il fallait qu'il arrête de se laisser bouffer.

Il regarda un de ses collègues passer au loin et songea qu'ils avaient vraiment l'air de flics américains dans leur nouvelle tenue, chemisette bleue à épaulettes et casquette à visière. Madeleine disait que, casquette ou

23

képi, un con a toujours l'air d'un con. Non, on avait dit « stop avec Madeleine » ! Chassant l'image charnue et vindicative de sa femme comme une mouche importune, Marcel se remit à penser à sa macabre découverte de la veille.

À l'évidence, le meurtrier n'avait pu agir sur place. Il avait opéré dans un endroit où il avait pu rassembler les corps et procéder à sa macabre mise en scène. Pourquoi être venu déposer son... ouvrage dans cette impasse, en plein centre-ville ? Ce devait être assez risqué de se trimballer avec un truc pareil dans sa bagnole ! Le forfait avait-il été accompli tout près ? Peut-être qu'il habitait par ici ?

On avait réussi à identifier la fille. Son mari l'avait reconnue ce matin sur la photo publiée dans le journal. Un cliché noir et blanc pris à la morgue, qui ne cadrait que le visage auquel on avait fermé les yeux. Une caissière de supermarché signalée disparue deux jours auparavant. Après avoir quitté son boulot, elle avait coupé par le square avant de se faire couper en morceaux : elle n'était jamais arrivée chez elle.

Le mari avait prévenu la police vers onze heures du soir, affolé. Les collègues de la défunte avaient confirmé qu'elle passait effectivement toujours par le square ; elle prétendait qu'avec tous les gamins qui dealaient on ne risquait rien. Il y avait des chances que le vieux clochard camé ait, lui aussi, fréquenté le square. Peut-être l'assassin habitait-il dans les parages ? Mais Marcel Blanc n'était pas chargé de mener l'enquête. Il était chargé de faire traverser les vieux et d'empêcher les chiens de pisser sur les fleurs du monument aux morts qui s'érigeait au centre de la place, à côté de la fontaine.

24

Bon sang, pourquoi est-ce que tous ces gens en vacances braillaient si fort ?! La sueur roulait sous la visière de la casquette, Marcel s'essuya discrètement les yeux, sa moustache rousse était trempée.

Le bus de quatorze heures freina brutalement, manquant de renverser un scooter dont le jeune conducteur hurla : « Pédé de ta race ! » tandis que le chauffeur s'égosillait : « Va te fa enculo ! » Marcel soupira. Les portes coulissèrent en chuintant, laissant apparaître la jeune femme tatouée. Elle tenait le gamin d'une main, un sac à provisions de l'autre, et discutait avec un vieillard en costume polyester gris qui lui criait des choses incompréhensibles.

Machinalement, Marcel siffla un type qui venait de griller le feu rouge. La jeune femme se tourna vers lui. Ce qu'il devait avoir l'air stupide avec ce sifflet ! Le conducteur fautif arborait un air de totale innocence. C'est ça, pensa Marcel furieux, vas-y, tu vas voir mon salaud, tu vas prendre le maximum !

Dans le garage, il faisait frais. Le petit homme jouait avec la médaille de saint Christophe qu'il portait toujours autour du cou, un mégot se consumant entre ses lèvres minces. Penché sur le moteur de la voiture de Jeanneaux, il réfléchissait.

*Ce soir, j'irai balancer les restes sur la plage. Une bonne surprise pour les pêcheurs demain matin. Ça les changera des méduses et des sacs en plastique. Et puis, après-demain, gros titre dans le journal, à déguster en buvant le café, pendant que Marcel se fait suer le burnous. J'aime bien quand c'est imprimé sur toute la largeur de la page. Savoir que c'est de moi qu'on parle, de mon œuvre. Savoir qu'après la répulsion et les cris, la peur va se glisser en eux, insidieuse. Et c'est pas fini... non, ça fait que commencer, les mecs... D'ailleurs, il va falloir voir à se procurer du neuf.* La médaille oscillait au-dessus du carburateur qu'il essuyait mollement avec un chiffon. *Ouais, du neuf. Du tout neuf.* Il releva la tête, balayant la place du regard. *La gamine avec le sac à dos jaune, là, en train d'acheter des clopes pour son père, pourquoi pas ? Elle a l'air à croquer... C'est quoi son nom, déjà ? Ah ouais, Juliette. Juliette... Un joli nom pour un cadavre.*

À cet instant, Jeanneaux entra d'un pas vif, l'air pressé, hargneux, comme à son habitude. *Un vrai con puant, ce Jeanneaux... Se prend pour un dur, se la joue « Arme fatale », je vais t'en donner, du fatal !* Il jeta le mégot sur le ciment, l'écrasa soigneusement comme un cloporte.

*Allez, les yeux, levez-vous du moteur, fixez-le, la bouche molle, l'air parfaitement abruti.*

Ce que ce mec pouvait avoir l'air abruti ! Jean-Jean se campa devant lui, les mains aux hanches.

– Alors, elle est prête ?

*La voix, la voix imitation parfaite, mécano fin vingtième siècle.*

– Non, je trouve pas ce qu'elle a, ça doit être l'allumage, mais vous en faites pas, je m'en occupe...

– C'est toujours pareil ! Bon, je repasse vers cinq heures, ça sera fait ?

– Pas de problème ! Bonne après-midi, inspecteur ! lança le petit homme à Jean-Jean qui s'éloignait rapidement.

– Bonne après-midi, nabot ! marmonna Jeanneaux entre ses dents impeccablement blanches.

Tous des nuls dans ce garage, se dit-il. Il était entouré

de nuls et de minables, toujours à se plaindre et à étaler leurs petites préoccupations mesquines. Il s'arrêta devant la vitrine de la parfumerie pour vérifier que sa chemise coquille d'œuf signée Versace était bien rentrée dans son pantalon crème parfaitement coupé, une petite folie faite sur mesure et ramenée de Londres. Il se baissa pour effacer une trace sur ses Weston en daim fauve et reprit sa route, un sourire joliment énigmatique sur ses traits anguleux.

Le mardi matin à six heures, un jeune Hollandais qui dormait sur la plage se leva pour aller se soulager et trébucha sur un matelas humide

Après examen, le matelas étant pourvu de membres et d'yeux, le jeune Hollandais, bien que volant très haut suite à l'inhalation de substances illicites, comprit qu'il avait affaire à un cadavre ayant passé la date limite d'inhumation et se mit à vagir pitoyablement jusqu'à ce que des riverains, inquiets, alertent la police.

Ledit cadavre s'avéra être en fait une sorte de patch-work morbide, réunissant : deux jambes de vieux clochard camé, un buste de caissière de supermarché en uniforme et la tête d'un barbu d'une trentaine d'années, le tout cousu avec du solide fil noir, dans le genre ravaudage de filets de pêche, ce qui pour un cadavre échoué sur la grève était tout à fait dans la note.

Tout en s'essuyant les mains à son mouchoir, Doc 51 déclara – avec son haleine parfumée à l'anis qu'une ingestion continue de cachous ne parvenait pas à masquer – que les cadavres avaient été, par endroits et en quelque sorte, mâchonnés, grignotés, mordus, quoi... Parfaitement, mordus par des dents humaines !

Sur quoi, la secrétaire de Jean-Jean se mit à vomir, mais dans sa tasse à café vide, ce qui dénotait une maîtrise de soi dont Jean-Jean la récompensa ardemment par la suite dans les toilettes closes.

Maintenant on était jeudi et tout était calme.

– Juliette ! Va me chercher du lait s'il te plaît !
– Oh Maman ! Attends, c'est les clips !
– Juliette, arrête cette télé et va me chercher du lait !
– Mais il fait nuit...
– Ne fais pas l'idiote, dépêche-toi !
Juliette éteignit la télé et sortit en gambadant. Le vent chaud soufflait sur sa peau comme le séchoir à cheveux branché à fond. Elle avait envie d'un Coca-Cola bien frais. Ce que sa mère pouvait être gavante...
Le petit homme faisait son jogging tout en guettant le passage éventuel de la gamine. À cause de la chaleur, il n'y avait pas beaucoup de monde. Au coin de l'allée cendrée, il l'aperçut soudain. Son ventre se crispa à la pensée de sa peau douce...
La petite chantonnait un truc idiot de la télé. Elle lui sourit, comme tous les jours quand elle le rencontrait. Elle l'aimait bien, parce qu'il faisait des grimaces, on aurait dit un lutin. C'était lui qui avait réparé la voiture de Papa l'autre jour, quand elle ne voulait pas démarrer. Il l'appela, sans toutefois hausser la voix :
– Juliette, viens voir ! Il y a un petit chat, là...
– J'ai pas le temps, je dois aller chercher du lait !
– Quelqu'un a dû le jeter là, il va mourir. Tu ne veux pas le prendre ?
– J'ai déjà un chien, alors... Où il est, le chat ? C'est un bébé ?

– Oui, il est minuscule, là derrière le buisson, regarde...

Tout ce que Juliette vit, ce fut l'herbe jaune et sèche. Deux mains puissantes lui enserrèrent la gorge, un genou pointu poussa contre ses reins et son jeune cou se rompit comme celui d'un chaton. L'homme ouvrit son vaste sac de sport en toile imperméable (cadeau d'un grand magasin par correspondance) et fourra l'enfant dedans. « Crac-crac », avait fait le cou brisé.

En s'éloignant il sifflotait. La chanson de *M le Maudit*, parce que ça le faisait marrer. Il en avait lu des trucs et des machins, sur les tueurs. Sur leur structure psychotique et bla et bla et bla. Jamais la vérité, bien sûr. *À savoir que nous appartenons à une race supérieure. Que nous obéissons à d'autres lois, supérieures à vos lois.* De toutes façons, les psys, ce qu'ils voulaient, c'était que tout le monde soit pareil, bien dans la société, à sa place quoi, comme les torchons et les serviettes et les vaches bien gardées. Tout ce qui sort du schéma : on coupe ! Tout ce que les autorités trouvaient à dire, c'était qu'il avait subi un grave traumatisme l'empêchant de se structurer normalement.

*Le psy me l'a seriné pendant dix ans, là-bas, dans le « dépotorium », le dépotoir à humains, où on m'a laissé croupir : « Tu as subi un grave traumatisme. Un traumatisme qui t'a empêché de te structurer normalement. » Ça, c'était parce que j'avais arraché une oreille à un des tas de viande sans cervelle avec qui on m'obligeait à parler. Le traumatisme, c'est d'être enfermé ici, avec des résidus d'humanité qui se pissent dessus, à subir votre lavage de cerveau, j'ai pensé sans répondre, en ordonnant à la bouche d'acquiescer et aux yeux de se faire passsionnés. Je suis un alien obligé d'adopter*

29

*un profil bas, sans faire craquer ma fausse peau qui me gêne aux entournures.*

*Je suis ma nature parce que c'est dans ma nature. Est-ce qu'on en veut aux loups, aux ours, aux fauves ? Est-ce qu'un loup a envie de se remettre en question ? S'accepter, c'est la clé de la réussite. Bouddha a dit « tout est changement », chaque fois que je modifie le destin, je précipite l'accomplissement d'un cycle Sauf que je m'en bats l'œil. Ce qui compte, c'est que ça me fait bander. C'est ça, la vraie vérité. Tout le reste n'est que littérature... C'est comme les mecs qui se droguent au fric ou à l'escalade. T'as toujours besoin d'aller plus haut, plus loin, plus vite, plus quelque chose, t'es accro. Bourré d'adrénaline jusqu'à la gueule. Canon prêt à partir, je suis le boulet et le fût, la charge et l'artilleur.*

*Le roi des prédateurs.*

*Et eux, du bétail mis à ma disposition par Dame Nature. Des animaux stupides et mesquins juste bons à servir mon œuvre.*

Madeleine posa les raviolis à la brousse sur la table avec un soupir d'épuisement. Faire ses courses par cette chaleur, merci ! Et pas question de compter sur Marcel pour l'accompagner, avec ses horaires à la mords-moi le nœud. De toutes façons, il n'avait jamais été très serviable, ce salaud. Tant mieux s'il foutait le camp, tant mieux s'il voulait divorcer après qu'elle avait passé les quinze plus belles années de sa vie à se casser le cul pour lui !

Elle faillit éclater en sanglots.

Marcel touillait pensivement le magma de raviolis dans son assiette en songeant à la fille de l'autobus.

D'abord, elle était sûrement mariée, elle parlait même pas français peut-être... La voix aigre de Madeleine lui perça les tympans :

– Y sont dégueulasses ? Dis-le, si y sont dégueulasses !

– Quoi ?

– Les raviolis !

Qu'est-ce qu'elle venait le chercher, avec ces raviolis à la con ? Déjà bien bon de sa part de manger avec elle ! Il sentit la colère fuser comme la vapeur d'une bouilloire :

– Ouais, ils sont dégueulasses et puis pour faire des raviolis en plein été, faut être débile !

– Maman, Papa il a dit « dégueulasse » !

– Ta gueule, p'tit con ! Putain, vivement que tout ça soit fini ! lança Marcel en tapant sur la table.

– Tout ça quoi ? questionna Madeleine les mains sur les hanches, les yeux étincelants.

– Cette mascarade, merde !

Marcel repoussa son assiette et sortit en claquant la porte.

Madeleine saisit l'assiette pleine et la balança contre le mur tandis que les gosses se cachaient sous la table.

Le petit homme était à table, lui aussi. Il mangeait avec entrain ce qui était posé devant lui, s'interrompant de temps en temps pour boire de longues gorgées de bière fraîche. Il jeta un coup d'œil à son invitée en souriant.

Juliette était allongée sur le canapé. Sa jupe troussée dévoilait ses cuisses maigres, la tête était tournée vers la télé. À la voir comme ça, on pouvait penser qu'elle dormait. C'était seulement en s'approchant qu'on pouvait se rendre compte qu'elle n'était pas... intacte.

Le petit homme avala une grosse bouchée, étouffa un rot, s'étira voluptueusement. Il avait mangé du chien, du chat, du rat – blanc et gris, le blanc était plus fade –, de la mygale même, mais l'humain, c'était autre chose, une saveur particulière liée au fait de savoir qu'on dévorait quelque chose de semblable à soi.

Comme chaque fois que sa pensée s'aventurait sur ce terrain, il l'occulta, sans s'en rendre compte. Il y avait des tas de petits rideaux de fer qui se tiraient comme ça d'un coup dans des recoins de son cerveau où étaient entreposées des choses rouges et luisantes, suintantes et rongeantes, giclées d'acide brasillantes et insoutenables.

Il empoigna le cadavre de Juliette d'une seule main, fier de sa force, le souleva en faisant saillir son biceps, le projeta sur la table, saisit la grande scie et se mit au boulot sur la toile cirée.

La scie grinçait.


Jean-Jean était fatigué. Fatigué de penser, fatigué de travailler, fatigué de vivre en un mot. Aucune envie de passer six mois à chercher d'où provenaient ces bouts de cadavres et encore moins le dingue qui les avait découpés et ré-assemblés.

L'équipe du labo bossait jour et nuit, sans résultat utile.

La presse faisait ses choux gras des « puzzles macabres », et le patron n'arrêtait pas de le relancer. Les vacanciers, qui faisaient vivre la ville, n'appréciaient pas de voir « rencontre avec un tueur fou » inclus dans le programme des réjouissances.

Le vieux clochard s'appelait Hans Meyer. Un Alsacien. On avait pu l'identifier grâce à son numéro de déporté. Un vieux camé qui traînaillait partout en ville, inoffensif et gâteux. Le beau type, c'était un maçon italien, marié, quatre enfants. Pas d'histoires. Et la caissière, encore pire ! Une sainte qui bossait douze heures par jour pour nourrir ses trois mouflets, sa mère incontinente et son alcoolo de mari... Peu de chances de trouver le coupable dans leurs familiers.

À la morgue on avait « retapé » les cadavres en vue de l'identification par les familles. Une fois habillés, on ne voyait plus les coutures. Mais ça n'avait pas été folichon. Jean-Jean avait dû se farcir pleurs et lamentations, évanouissements et hurlements, bref, le genre de trucs qui lui donnaient la nausée.

Et maintenant cette gosse qui avait disparu.

À côté du square, comme par hasard. Depuis trois jours déjà. Le petit mécano du garage avait engueulé Jean-Jean parce qu'il y avait toujours plein de cinglés qui traînent dans le square et évidemment la police ne foutait rien, elle préférait mettre des amendes pour stationnement interdit !

Jean-Jean lui aurait bien flanqué sa main sur la gueule, mais il s'était contenu. Été pourri. Enquête pourrie. Ville pourrie. Et si on croyait, en haut lieu qu'il allait annuler ses vacances ! Enfin, autant aller boire un coup, il avait la gorge desséchée. Un pastis bien frais, voilà ce qu'il lui fallait. Il aurait bien aimé se mettre au bourbon, comme dans « Hollywood Nights », mais c'était pas vraiment désaltérant.

Il vérifia son reflet dans le petit miroir fixé derrière la porte de son bureau, arracha un poil qui dépassait de sa narine gauche et sortit de fort méchante humeur.

– Voyons... qu'est-ce qui ferait joli ?

33

Le petit homme réfléchissait. Il avait posé la tête de Juliette sur la table et la regardait avec attention. Quand on fait un collage, on réfléchit à l'effet qu'on veut produire.

*L'effet de surprise. Donner du sens. Du signifiant, dirait le psy. Ce qu'il faudrait, c'est un gros, un énorme, un obèse, voilà, quelque chose qui fasse contraste avec cette petite tête d'enfant. Et des tout petits bras. Ça, ça serait marrant. Des petits bras, une petite tête, et un énorme corps, comme gonflé à l'hélium ! Une sorte de grosse poupée humaine. « Doggy Bag », le nouveau copain de vos gamins !*

Le petit homme rangea la tête de Juliette dans le congélateur et sortit à la recherche d'un spécimen satisfaisant.

Aujourd'hui, c'était carrément de la folie. La ville entière était embouteillée. Milliers de klaxons hystériques. La file d'attente pour le bateau qui faisait la navette avec les îles dans la baie s'étendait sur au moins cent mètres. On se filait sournoisement des coups de sacs isothermes dans les mollets, de parasols dans le gras du bide.

Marcel bâilla. Il s'était engueulé avec Madeleine jusqu'à deux heures du matin. Il était crevé. Autobus coincés, cyclos sans casque, stationnements interdits, livraisons interminables, chiens pissomanes, vieux satyres, jeunes ivrognes, clodos, kleptos : il s'en foutait, l'agent Marcel Blanc. Dormir et se reposer, voilà ce qu'il voulait. Partir en Alaska se rouler sur la glace... Mon Dieu, que ce type était gros !

L'obèse traversait péniblement la place, en se dandinant comme un canard. La chair ballottait sous la chemise hawaïenne distendue, le ventre recouvrait les cuisses comme un tablier. Marcel l'observa malgré lui, gêné, mais fasciné. Il n'était pas le seul.

L'obèse s'appuya contre un mur pour reprendre son souffle. Puis se remit à trottiner, ses énormes bras pendant le long de ses flancs comme des cuisseaux de veau à l'étal, son filet à provisions rempli de boîtes de conserve battant contre son genou monumental.

De petits yeux marron, vifs et fureteurs, suivaient la progression du Gros. Puis ils se posèrent pensivement sur Marcel. L'espace d'une seconde, une joie mauvaise, totalement mauvaise, éclaira le regard marron d'une flammèche jaune, mais quand Marcel se retourna, mystérieusement alerté, il ne restait qu'un regard souriant, amical, totalement normal.

Marcel s'était retourné vivement. Sensation d'être observé. Une sensation désagréable. Mais non, tout était normal.

Le petit homme grimpa sur son vélomoteur. *Il me faut ce gros. Tout de suite. Dès ce soir. Cette masse de chair brinquebalante, cette montagne à deux pattes, ce somptueux tas de matière première. Il me le faut...*

– Je vais à l'atelier, je reviens...

Le patron hocha la tête, préoccupé par le contrôle fiscal qu'il avait sur le dos.

La piste du Gros n'était pas plus difficile à suivre que celle d'une baleine dans la savane. L'homme traversa quelques rues, avança lentement de sa démarche vacillante jusqu'à la porte d'un vieil immeuble, s'engouffra dans l'entrée avec soulagement. Et ne prêta évidemment aucune attention au vélomoteur qui s'arrêtait derrière lui.

Il s'appelait Roger. Laurent Roger. Il avait trente-trois ans. Sa mère était morte deux ans auparavant, l'année où il avait atteint les cent trente kilos. Il en était maintenant à cent quarante-deux. Il n'était pas marié, ne l'avait jamais été et n'avait même jamais « connu » de femmes. Il préférait les raviolis en boîte.

Il commença à gravir les marches, déjà haletant. Il ne savait pas que c'était la dernière fois qu'il se crevait le cœur à grimper ces foutus escaliers. Mais s'il l'avait su, peut-être que ça ne lui aurait pas tant fait plaisir que ça...

Debout devant son casier, Marcel acheva de s'essuyer, récupéra ses vêtements et commença à s'habiller en matant ses abdos d'acier dans la glace. Pas un pouce de graisse, se dit-il avec satisfaction. La même silhouette que vingt ans auparavant. Ses cheveux trempés dégouttaient agréablement dans sa nuque. Il se sentait léger et dense à la fois. Fort. Viril. Tous les lundis, il allait à l'entraînement de karaté. C'était là qu'il s'était lié d'amitié avec Jean-Mi. Jean-Mi avait ramené Jacky et Ben, et Ben avait convaincu Paulo de s'inscrire. Nombre des collègues de Marcel venaient aussi, l'instructeur était un ancien champion de France.

Du coin de l'œil, il vit Jean-Jean qui prenait sa douche, en grande conversation avec un type des Mœurs, Rudy la Fouine. Marcel dressa l'oreille.

– Les gars du labo disent que le type qui a fait ça est un pro. Du bon boulot, net, précis. C'est la même scie qui a servi pour tous les corps. Une scie en fibre de carbone, comme celle des chirurgiens. Pas de poussière, pas de fibres vestimentaires, rien. Juste des fragments de plastique collés à la peau des macchabs.

– Il les a peut-être roulés dans une toile cirée...

– Peut-être. On pense qu'il a dû travailler dans une boucherie ou un hôpital, vu la précision des incisions. Et il ne porte pas de bridge : il a arraché les morceaux qui manquent directement avec les dents.

– Un chirurgien cannibale peut-être ? lui renvoya Rudy.

– Ouais, ou alors il se sert d'une fausse mâchoire, comme dans *Dragon rouge*.

Marcel se demanda ce que c'était que *Dragon rouge*. Un polar, sûrement. Il n'en lisait jamais, il trouvait ça déprimant. D'ailleurs, il lisait très peu. Pas le temps, pas l'habitude. Les BD des gamins, parfois, et les journaux. Ça lui farcissait déjà suffisamment la tête.

Les autres gars arrivaient en déconnant. Brouhaha de voix masculines, de vannes mille fois répétées, de gros rires. Jean-Mi, Paulo et Ben bousculèrent un peu Marcel, à cause du caleçon jaune parsemé d'ananas que les gosses lui avaient offert pour la fête des Pères. Jean-Jean et le grand Rudy s'éloignèrent, de leur démarche de cow-boys.

# CHAPITRE 3

La vieille camionnette bleue était stationnée devant l'entrée de l'immeuble. De l'autre côté de la rue, la pendule lumineuse encastrée au-dessus du Crédit foncier affichait l'heure : *3 h 15* et la température : *27°*. La camionnette était vide, le plancher arrière recouvert d'une bâche en plastique.

Au second étage, la porte de l'appartement s'ouvrit en silence. Le petit homme avança sans bruit, encapuchonné dans un vaste ciré noir, étrange par cette belle nuit d'été. Il dégoulinait là-dessous comme dans une étuve. Il s'essuya le front et la sueur qui lui coulait dans les yeux. Il aurait dû penser à mettre un bandeau comme les tennismen, se morigéna-t-il.

L'appartement était plongé dans la nuit. Le petit homme s'arrêta, écouta. Un ronflement puissant le guida à pas de loup vers la chambre. Il poussa la porte. Le ronflement continuait, paisible. Il avança dans la petite pièce, alluma une seconde sa lampe torche braquée vers le sol. Le Gros dormait, étalé comme une poubelle trop pleine. Le petit homme se pencha sur lui, ombre dans l'ombre. Le Gros ouvrit soudain les yeux :

– Qui est là ?!

– Le Capitaine Crochet, murmura le petit homme en lui ouvrant la gorge d'un seul geste de son rasoir.

Le sang jaillit au plafond comme un geyser. Le Gros battit frénétiquement des bras, comme un homme qui se noie, puis de plus en plus lentement, par saccades. Le petit homme, bien abrité du sang sous son ciré noir, entreprit de nouer autour de l'homme en train de mourir les sangles de déménageur dont il s'était prudemment muni.

Le corps eut un dernier soubresaut. Avant de partir, juste pour s'amuser, le petit homme lui fit sauter un œil, le gauche, avec la lame affûtée du rasoir avant de le déposer dans le verre d'eau, sur la table de nuit. Un œil, c'était plus rigolo qu'un dentier, fallait bien distraire un peu les flics...

Le vieux locataire du troisième remua dans son sommeil. Il se demanda vaguement qui diable pouvait bien faire rebondir un gros ballon dans l'escalier. Puis il se rendormit pendant que la camionnette démarrait.

Marcel était en train de convaincre une garce obstinée, mais ravissante, de ne pas garer sa Porsche sous le panneau FOURRIÈRE quand le vieillard l'agrippa par le bras et le secoua :

– M'sieur l'agent, m'sieur l'agent !

– Voyez bien que je suis occupé, non ? Une minute ! Et vous, dégagez-moi ce véhicule ou je vous flanque un PV !

– Mon mari le fera sauter !

C'est toi que j'aimerais bien sauter, songea grossièrement Marcel en toisant les bonnets 95 C de l'impudente.

– M'sieur l'agent, c'est mon voisin, y répond pas...
insista le vieux.

– Qu'est-ce que vous voulez que j'y fasse ?
Madame ! Madame ! Attendez, vous n'avez pas le droit
de laisser ce véhicule ici, revenez !

– Je peux pas, j'ai rendez-vous chez le dentiste ! Met-
tez-moi une grosse amende si ça vous fait plaisir, monsieur l'agent.

La garce s'enfuit en trottinant sur ses escarpins dans
un tintinnabulement doré. Marcel s'essuya le front. Le
vieillard le secouait toujours, têtu :

– Je m'appelle Ange Caretti, précisa le vieil homme,
je lui monte son pain tous les jours, à mon voisin, et il
a pas répondu, et comme il est cardiaque...

– Ouais, je viens, je viens.

Bande de cinglés hystériques ! En suivant le petit
vieux qui se hâtait, Marcel se sentit soudain dévoré par
l'envie folle d'une glace italienne. Il regarda avec haine
un gosse, aussi roux que lui, qui en léchait une, à la
pistache. Saleté de touristes.

Le vieillard courait presque, maintenant. Il entraîna
Marcel dans un vieil immeuble, trois rues plus loin.
Marcel nota aux passages les boîtes aux lettres déglin-
guées, le carrelage brisé par endroits. En voilà un qui
était bon pour la rénovation. Ils montèrent l'escalier aux
tommettes lézardées à toute allure. Marcel en profita
pour grimper sur la pointe des pieds, c'était bon pour
les mollets. Ouf, Caretti s'était arrêté au second, devant
une porte entrebâillée sur du noir. Marcel s'essuya la
nuque.

– Eh bien, c'est ouvert ! Vous pouviez pas entrer voir,
non ?

– On sait jamais, y a peut-être des cambrioleurs...
allez-y, vous...

Marcel haussa les épaules et entra, la main sur la
crosse de son revolver.

– Police ! Y a quelqu'un ?

Pas de réponse. Pas un bruit. Un couloir sombre et
marron qui sentait le renfermé et le rance distribuait
trois portes écaillées. Une mauvaise sensation lui fit
courir un fourmillement dans les mains et il eut la
certitude que l'occupant des lieux était mort. C'était
comme si l'appartement était devenu froid. Il détestait
voir des morts, ça lui foutait des cauchemars.

Avec répugnance, il ouvrit la première porte et
poussa un soupir de soulagement : une salle de bains
crasseuse et vide. Il poussa la porte d'à côté : une cuisine en formica jaune datant des années 50, avec une
centaine de cartons à pizza soigneusement empilés le
long d'un des murs. On entendait ronronner le frigo.
De grosses blattes noires s'égaillèrent sur l'évier, affo-
lées. Marcel détestait autant les blattes que les cadavres.
Il éteignit, imaginant un fourmillement instantané
d'insectes, et retira prestement ses doigts de l'interrup-
teur. Troisième et dernière porte. Marcel hésita une
seconde, sentant le regard acéré du vieux lui fouailler
la nuque. Allez, on y va. La porte s'ouvrit sur une
chambre plongée dans l'obscurité.

Marcel resta un instant sur le seuil, pendant que ses
yeux s'accommodaient à la pénombre. Le lit à deux
places était défait. Vide. Les murs écaillés et auréolés
d'énormes taches sombres. Marcel s'approcha de la
fenêtre, poussa les volets, se retourna, clignant des yeux
sous l'afflux brutal de lumière, et lâcha « Bordel de
merde ! »,

Le sang avait giclé partout, jusqu'au plafond où il avait séché en minuscules stalactites. Ni Marcel ni Ange Caretti ne dirent un mot. Le vieux se mit à gémir en se tordant les mains. Marcel dégaina son revolver sans réfléchir, s'approcha du lit, respirant par la bouche entre ses dents serrées. Il se pencha, poils hérissés.

Des draps froissés, raides de sang. L'empreinte en creux d'un corps monumental. Une lampe champignon au verre éclaboussé de rouge. Un verre sur la table de nuit, avec un truc dedans. Surtout ne toucher à rien.

– Touchez à rien ! cria-t-il au vieux par-dessus son épaule.

– Vous en faites pas, je regarde la télé, faut attendre les types des empreintes, c'est ça ?

– Ouais.

– Y doit être mort, ce pauvre Laurent, y l'ont saigné comme un cochon...

Marcel se pencha pour regarder dans le verre et, pour la deuxième fois de toute sa carrière, vomit sur ses chaussures.

– Eh ben, si on avait eu ça au front ! C'est à cause de types comme vous qu'on a perdu la guerre ! glapit Ange Caretti, en sautant d'un pied sur l'autre d'indignation.

– Allez me chercher une serpillère, bon sang ! gargouilla Marcel en se redressant.

L'autre s'éclipsa en marmonnant. Marcel enclencha son talkie-walkie.

Dans le verre, l'œil était bleu, avec des filaments jaunes.


En arrivant sur les lieux du supposé crime, le lieutenant Jeanneaux n'était pas spécialement de bonne humeur. Costello sur ses talons, il inspecta la chambre en fredonnant « Mon beau sapin », signe chez lui d'une extrême irritation.

Marcel se tenait coi. Il pensait que ce coup-ci ses chaussures étaient foutues. Une paire de chaussures de service à 250 balles, il avait gagné sa journée.

Le Gros était étalé sur la nappe en plastique comme un éléphant de mer échoué. Le petit homme tira sur son aiguille, rêveusement. Ce serait son chef-d'œuvre. Une grosse mouche bourdonnait, sournoise. Il l'écrasa d'un geste rapide, se lécha la main, gourmand. Il adorait le goût sucré des mouches.

*Plein de peuples primitifs mangent des insectes, c'est plein de vitamines, les insectes. C'est toute notre hygiène alimentaire qui est à revoir. Dans* Dracula, *le type qui bouffe les insectes est présenté comme un pauvre cinglé. Quel obscurantisme ! Les écrivains, faut toujours qu'ils critiquent ce qu'ils comprennent pas. Comme si le monde attendait leur opinion pour vivre. Les insectes, c'est bien plus vieux que nous, ça a survécu à tout. Quand on en avale un, on assimile en même temps des millions et des millions d'années de la puissance de la terre. Un ver bien juteux, ç'est comme respirer l'herbe humide. Les cafards ça a un goût plus âcre, mais y a plus à bouffer. La mouche, elle, c'est un petit plus, comme le carré de chocolat avec le café, par exemple.*

Des gouttes de sueur tombaient de son front sur l'abdomen blafard du mort, se dispersaient entre les poils humides et frisés qui couraient de l'aine à la poitrine.

Le corps dégageait cette odeur à la fois douceâtre et répugnante des êtres morts. Il la percevait, mais elle ne le dérangeait pas. Au contraire. Il la connaissait bien. Une odeur de famille.

Dehors il se mit à pleuvoir. La pièce s'assombrit d'un coup. Une averse d'été. Violente. Un déluge d'eau dans des crépitements d'éclairs. Le petit homme tourna la tête au premier coup de tonnerre et, aussi soudainement que la pluie s'était mise à tomber, son visage exprima la panique la plus totale.

Il lâcha l'aiguille, se mit à trembler et à geindre et se jeta sous la table, la tête entre les bras, tout le corps agité de convulsions.

L'orage redoubla de violence. Le petit homme semblait décomposé, accroupi sous la table, les yeux clos, les mains sur les oreilles, sa bouche tordue par la panique formant inlassablement le mot « Maman » en silence. Puis, en quelques secondes, l'orage décrut. Lui aussi se calma. Respira plus lentement. Ouvrit les yeux. Les pupilles, immenses, semblaient deux trous noirs et vides. Un filet de sang gouttait de son ouvrage interrompu sur les tommettes rouges, irritant comme un robinet mal fermé.

Il se redressa, sans savoir qu'il venait de s'accroupir.

Même sous la tonnelle il faisait chaud. Une chaleur spongieuse, gluante. Marcel transpirait. Il regardait sans les voir des familles passer dans la rue en contrebas, matelas pneumatique sous le bras, casquette en toile sur la tête. Souvent, le dimanche, Marcel, Madeleine et les gosses se retrouvaient chez Caro et Jacky, avec les copains. Chez Jacky, c'était bien, à cause du jardin. Jacky, Paulo, Jean-Mi et Ben se connaissaient, parce qu'ils bossaient tous sur la place. Jacky tenait une minuscule échoppe de cartes postales, Paulo et Ben travaillaient au garage et Jean-Mi servait au bar-tabac. Depuis que Marcel avait sympathisé avec eux au gymnase, on s'invitait : brochettes, cinéma, réveillons, parties de pêche… une palette extensible de loisirs paisibles et familiaux.

Pour l'heure, Paulo se servait une autre bière. Madeleine et Caro, la femme de Jacky, houspillaient les gosses pour qu'ils finissent leurs côtelettes d'agneau, « On dirait du mouton ! » hurlait Kevin, l'aîné de Caro, « J'ai plus faim ! » braillait Frank, « Ça suffit la comédie ! », « Au prix où c'est, vous allez pas les gaspiller, non ?! »… Évidemment, c'était Mado qui gueulait le plus fort. Marcel se demanda ce qu'il aurait fait, muté à Paris, avec une femme dotée d'un accent de poissonnière comme Madeleine, il aurait eu bonneu allureu, té ! Elsa, la copine de Jean-Mi, appelait leur chien, un bâtard noir et blanc qui s'en fichait éperdument, occupé à creuser le trou le plus profond du monde. Caro apporta le café. Ben se mit à dribbler avec virtuosité devant les gamins qui ricanaient. Jean-Mi revint des toilettes en remontant son jogging bleu roi sur ses hanches grasses. Il attrapa une bière.

— Et tes meurtres, alors, c'en est où ?

— On nage dans la bouillabaisse, laissa tomber Marcel dans une pauvre tentative d'humour. On n'a retrouvé ni la gosse, la petite Juliette, ni l'obèse. Pas d'indices. Pas de mobiles. Le noir complet.

Ben shoota dans le ballon.

— Il a pourtant bien une raison de faire ça, ce dingue ?

— Peut-être que c'est vraiment un puzzle… murmura Elsa chez qui la suggestion d'Herblain, relatée par la presse, avait touché la corde feuilletonesque.

Paulo essuya ses lunettes de soleil métallisées.

— Et avec la lune, vous avez regardé avec la lune ?

– Je m'excuse, mais les meurtres de pleine lune, c'est comme gagner au loto le vendredi 13 : plutôt rare si tu veux mon avis, lâcha Marcel en soupirant.

– Pourquoi vous mettez pas en place une surveillance autour du square ? Tout s'est passé par là, non ? insista Paulo en suçotant sa paille.

Caro revint avec le sucre.

– Et on commence à avoir peur pour les gosses, sérieusement.

Marcel remua son café longuement avant de répondre :

– À vrai dire, on est débordés. Déjà que c'est l'été avec tout le bordel habituel et que le bataillon de CRS de renfort est pas arrivé... Jeanneaux doit partir en vacances en Corse à la fin de la semaine, tu imagines s'il est de bonne humeur ! La moitié des effectifs est mobilisée sur les plages ou à la circulation ; en plus y a les bandes de la cité qui sont revenues, alors je vais te dire, surveiller le square...

Chacun but une gorgée de café. Caro posa sa tasse.

– Quand même, on n'a jamais vu ça ! Et avec tout ce monde !

– Au garage, en ce moment, on n'a que des bagnoles étrangères.

– Ça m'étonne pas, c'est bourré d'Allemands.

– Et t'oublies les deux mille marins américains qui débarquent demain !

– Ouahhh, t'entends, Elsa, faudra te faire belle, y a du boulot en perspective !

– Imbécile !

Au milieu des éclats de rire, Marcel songea qu'une fois de plus la police allait se ridiculiser.

Dans la nuit du samedi, trois marins ivres qui se baladaient au bout du port en beuglant « I will survive » se mirent à jouer au foot avec ce qui leur sembla être une espèce de gros ballon. Vu la biture qu'ils tenaient, il leur fallut un certain moment pour réaliser que les ballons, même crevés, ne sentaient pas la viande pourrie.

Bien évidemment, le quai où les marins avaient trouvé la « chose » se trouvait dans le périmètre attribué à Marcel. Et en allant prendre son service à six heures du matin, il fut happé par trois marins aux yeux fous qui hurlaient des choses incompréhensibles. Marcel les suivit. Ils l'emmenèrent jusqu'à un amas de chair d'où suintait un liquide ambré.

Ce coup-ci, Marcel ne vomit pas sur ses chaussures. D'ailleurs ce n'était pas la peine, les marins avaient dégueulé partout.

Le docteur « 51 » consigna dans son rapport, de son écriture tremblée, que « la victime » était constituée :

a) d'un corps d'obèse variqueux,

b) d'une tête de petite fille, bien peignée, les yeux ouverts et maquillés, ombre à paupières et mascara,

c) de deux petites pattes de chien en guise de bras.

Cette dernière information, qui ne pouvait être connue que du meurtrier, ne fut pas diffusée afin de pouvoir écrémer les appels délateurs et les aveux bidon. Il fut d'autre part difficile d'expliquer à la mère de Juliette pourquoi il était inutile d'apporter une robe pour vêtir le corps.

Jean-Jean était tellement en colère qu'on aurait entendu une mouche voler dans le service. Et de fait, on en entendait vrombir tout un bataillon, affairées à se rejouer l'attaque de Pearl Harbour, se collant aux bras, aux lèvres, irritantes en diable et poursuivies par Mélanie, la secrétaire de Jean-Jean, qui, armée de son *Marie-Claire* roulé en tuyau, essayait de les écraser le plus silencieusement possible pour ne pas irriter son patron.

– Arrêtez de courir après ces putains de mouches ! hurla soudain Jean-Jean.

La jeune fille s'immobilisa, contrite, et regagna sa chaise à petits pas. Pas le moment de demander une augmentation.

# CHAPITRE 4

Il faisait de plus en plus chaud. La ville se vautrait dans la brume qui montait de la mer. La ville ruisselait comme une vieille femme trop grasse. Marcel sentait la sueur rouler sous ses bras, sur ses flancs, le long de ses cuisses et jusque dans ses sandales. Un sauna gratuit ! Heureusement qu'il n'était pas en uniforme.

Les touristes étaient arrivés en masse pour le week-end du 15 août, le week-end le plus chargé de l'année avec celui de l'Ascension. Marcel, accoudé à la rambarde en fer bleu, regardait les jeunes Nordiques en contrebas sur la plage, qui buvaient du vin rouge, la bouche collée au litron, couverts de coups de soleil. Ce soir, ils seraient pleins de cloques qui éclateraient quand ils se retourneraient fiévreusement entre les draps rêches.

Il cherchait Madeleine et les gosses du regard. Des centaines de familles grésillaient au soleil, sur fond de hurlements d'enfants, d'aboiements, de radios, du tap-tap lancinant des raquettes de plage et du vrombissement des hors-bords au large. Brusquement il la vit. Elle, Nadja.

Elle tenait le gamin frisé par la main, elle entrait dans l'eau en riant, les gouttes d'eau brillaient sur sa peau mate, ses hanches rondes . Un grand coup dans le dos le fit sursauter.

– T'es aveugle ou quoi ? Ça fait une heure que je te fais signe !

Madeleine le regardait, furieuse, rougeaude, enduite d'une épaisse couche de monoï. Marcel soupira et descendit sur la plage profiter de sa demi-journée de congé avec les enfants.

Une paire d'yeux bruns abritant leur fixité sous des lunettes miroitantes suivit la direction du regard de Marcel et s'arrêta sur Nadja et l'enfant.

*Tiens, tiens... drôlement accroché, le petit père Marcel... C'est vrai que ça serait marrant de faire une mosaïque de couleurs, du noir, du blanc, du jaune, la grande réconciliation des races dans la paix éternelle, une bonne idée, ça, une bonne idée !*

Nadja souleva le gamin qui l'éclaboussait en criant de plaisir. Marcel passa tout près d'eux, raide et empoté dans son bermuda fuchsia, mais elle ne le vit pas. Il plongea avec maestria pour rien, nagea cinquante mètres de crawl pour rien, but la tasse pour rien et revint s'asseoir sur sa serviette ensablée pour affronter Madeleine qui le houspillait pour qu'il se tartine de crème gluante et les gosses qui le tiraient par les jambes en piaillant « Viens jouer au ballon ! ». Les voiles fluo des planches scintillaient sur la mer étale. Un paquebot donnait de la corne. Un frisbee lui atterrit sur le nez. Un bel été, vraiment.

Un été bouillant. Alfred, le gars du labo, était nu sous sa blouse blanche, blouse qui lui attirait invariablement de fines remarques de la part de ses visiteurs. Ouvrant la porte d'un coup de pied, Ramirez ne faillit pas à la tradition :

– Oh Alfred ! C'que t'es belle dans ta rooobe de mariée, t'es libre ce soir ?

Alfred le regarda avec lassitude, sans répondre. S'il y avait un pire parmi les pires, c'était Ramirez.

– Alors ma beauté, quoi de neuf ? poursuivit celui-ci avec un lourd clin d'œil.

Alfred se gratta la tête.

– Ça va te surprendre, Einstein : rien du tout ! Mais dis-moi, maintenant on peut aller bosser avec une cravate couverte de filles à poil ? Le service se dégrade !

– Pas du tout, tu y es pas, ça c'est fun mon pote, F-U-N, faut sortir le dimanche, j'suis fun, moi, j'suis pas une vieille fille rance comme toi !

– Et puis surtout, t'es un marrant. Au fait, le chien, c'était un chihuahua. Y en a pas des masses. On pourrait peut-être retrouver le propriétaire.

– Et alors ?

– On sait jamais, le dingue est peut-être un de ses amis ?

– Ah ouais ? Tu crois ?

– Tu te sers trop de tes méninges, Ramirez, c'est ça qui doit t'épuiser ! Allez, salut !

Ramirez cracha l'allumette qu'il mâchouillait, fit craquer ses doigts boudinés.

– Le chien, hein ? Bon, je vais voir.

Il se retourna pesamment, l'air écrasé par ses lourdes responsabilités, entrouvrit la porte, puis n'y tenant plus :

– Hé, chérie, tu portes pas non plus de soutien-gorge ?

Ses éclats de rire résonnèrent dans l'escalier tandis qu'Alfred, écœuré, se massait les tempes.

Dans son bureau étouffant, Jean-Jean faisait tourner entre ses doigts un éclat de hache guatémaltèque que lui avait rapporté Mélanie de sa dernière expédition dans un club de vacances, et qui lui servait de presse-papiers.

Debout devant lui, Costello et Ramirez. Deux rebuts en fin de carrière qu'on lui avait fourgués en signe de bienvenue dans le service, deux ans auparavant.

Costello s'agitait, mal à l'aise. Sa chemise déboutonnée laissait voir des poils gris frisés et une chaîne en or avec son prénom gravé : *Tony*. Il avait hâte de retourner à ses mots croisés. Ramirez, lui, se grattait la tête, paisiblement.

Jean-Jean souffla furieusement. Se cura le nez. Contempla les chaussures blanches de Costello, un modèle qu'on ne fabriquait plus depuis les années 50. L'œil éteint de Raymond Ramirez, presque endormi. Agita enfin une main vengeresse.

– Bon !

Ramirez sursauta. Costello soupira.

– Costello, tu vas faire la tournée des vétérinaires. Qu'ils te donnent la liste de leurs clients qui possèdent ce genre de bestioles.

– Beaucoup d'officines sont closes en cette période...

– T'iras officier chez les autres. Je sais, y a que les cons comme nous qui bossent en ce moment, mais on est là pour ça. Toi, Ramirez, tu vas à la four-rière !

– J'y fais quoi à la fourrière, chef ?

– Tu vérifies si les animaux qu'on aura signalés disparus ne sont pas tout simplement là-bas, OK ?

– Disparus là-bas... C'est ciblé, chef ! À tout à l'heure.

Ils s'éloignèrent tous les deux d'un pas traînant. À deux ans de la retraite, ils allaient pas se faire un infarctus, non ?

Jean-Jean, de son côté, se disait que, si sa femme partait en Corse avec les filles, il pourrait toujours se rattraper sur Mélanie.

Le petit homme observait la tête du chien. Elle portait un tatouage sous l'oreille. Pas si bête ! Il l'enfouit dans un sac en plastique dont il noua les anses et la jeta à la poubelle.

*De toutes façons, sans moi, ce chien il aurait fini découpé vif. En un sens je lui ai rendu service. Une mort propre. Sinon, vivisection... Grâce à ce salaud de Martin, les labos ont toujours de la chair fraîche et vivante pour leurs expériences. Une bonne idée que j'ai eue, de garder les clés quand ces cons m'ont viré. Une bonne idée, une fois de plus. Pas eu besoin d'assommer une vioque pour lui piquer le cabot. Ni vu ni connu, hop là !*

*De toutes façons, personne n'est égal devant la mort. Sinon, on serait tous programmés pour durer un certain temps et puis, basta, on s'éteindrait comme des piles usagées. Et donc, faut bien mourir de quelque chose. En quoi c'est plus choquant de périr sous la main d'un assassin que d'un cancer du foie ? C'est plus intelligent de mourir d'un cancer du foie ? C'est plus noble ?*

*C'est comme la gamine, elle serait peut-être morte en scooter dans cinq ans. Et puis, qu'est-ce que ça peut foutre en ce bas monde, une gamine en plus ou en moins ? Il en crève des milliers chaque jour, tout le monde s'en fout, et moi, on va me faire chier parce que je retranche quelques unités de cette société de merde ? Un con de l'OTAN qui bombarde des réfugiés, cent morts d'un coup ! Il dit « Excusez-moi » et on classe l'affaire et moi, je risque perpète ! Condamné par un élevage de poulets en batterie !*

Tout en soliloquant, il avait allongé le corps nu de Juliette sur la table. Il manquait un pied, le gauche. L'os sectionné pointait à travers la chair gelée. Il s'essuya la bouche du revers de la main, un tic qu'il avait depuis l'enfance. Se pencha sur le corps raide et glacé. Sensation agréable ce froid... mortel. Il avait déjà essayé de pénétrer certain des corps qu'il avait gardés au frais, mais ils étaient trop durs, gelés, raidis. Avec la caissière, il avait senti l'os de la cuisse se briser quand il avait essayé de se placer. Il se vautra sur Juliette, s'agita un court moment, comme un chien, son visage crispé face au cou tranché de la gamine. Puis se détendit en frissonnant.

*Qu'est-ce que tu fais ? Qu'est-ce que tu es en train de faire ?* dit la voix dans sa tête, la voix qu'ils y avaient mise et qui réussissait parfois à forcer le barrage. Une imitation ratée de sa propre voix, qui lui donnait envie de vomir. Il cligna des yeux : l'étincelle de lucidité s'était déjà éteinte.

Il se releva, prit une bière en sifflotant. Sur le ventre nu de l'enfant, la glace fondait. Il en ramassa un peu, la jeta dans son verre et but.

Marcel n'en revenait pas de sa chance ! Nadja lui avait souri. Elle lui avait souri ! Il venait de prendre son élan pour rattraper un gosse qui piquait une mobylette sous son nez, et bon, il avait glissé sur une merde de chien. Il était tombé, sa casquette avait roulé sur le sol. Nadja s'était immobilisée, avait ramassé la casquette et la lui avait tendue en souriant. Les gamins du McDo hurlaient de rire, mais elle, elle souriait tout simplement.

« Merci beaucoup, avait dit Marcel en se recoiffant.

– Tout le plaisir est pour moi », avait répondu Nadja avec une pointe d'accent étranger et moqueur.

Puis elle s'était éloignée sans se retourner.

Paulo, qui venait de se garer sur l'emplacement réservé aux taxis, lui avait tapé sur l'épaule.

« Fais moins de zèle, tu vas te casser une jambe ! »

Jean-Mi, en train de servir à la terrasse du café, lui avait fait de grands signes avec sa serviette blanche et l'avait tenue devant son visage comme un tchador, en mimant une brève danse du ventre.

– À quoi tu penses encore ? Ce que tu peux me fatiguer, Marcel !

Madeleine débarrassait la table en râlant. Marcel ne l'entendit pas. Partir, foutre le camp, faire le tour du monde en solitaire avec Nadja...

– Descends donc les poubelles ! Au moins, tu serviras à quelque chose !

Tony Costello louvoyait sur le trottoir brûlant. Impossible de circuler en voiture, toute la ville n'était qu'un énorme embouteillage. Il marchait, de vétérinaire en vétérinaire, avec son carnet bleu à la main, son stylo plaqué or dans la poche à rabat de sa chemise blanche, indifférent au reflet que lui renvoyaient les vitrines. Comment rendre la musique de « Brouillards, montez ! Versez vos cendres monotones avec de longs haillons de brume dans les cieux... » dans la langue d'Homère ?

Ramirez transpirait en s'éventant avec son carnet décoré de formules 1. Le seul avantage de cette enquête, c'était qu'il pouvait lorgner les étrangères, les filles en short ou en mini, et en plus, cette année, avec ce tissu collant qui était à la mode, elles portaient pas de culotte.

Il fourragea dans ses poils de poitrine en soupirant, imaginant qu'il invitait une petite Ingrid ou Glenda à venir manger une pizza. Évidemment, dans ce rêve éveillé, il n'était ni père ni marié. Veuf, peut-être. Disposant d'une garçonnière. Où Glenda et Ingrid se déshabillaient en souriant face à un grand miroir.

Des gosses en rollers le bousculèrent, brisant le charme. Le visage poupin de Mme Ramirez toutes papillotes hérissées remplaça celui des accortes gamines. Elle gisait sur un lit d'hôpital dans sa robe de chambre à fleurs roses et lui lançait un regard de reproche. « Pas toi, Raymond ! » Il se secoua. Il pensait rien que des conneries en ce moment.

À la fourrière, on lui donna la liste des animaux enregistrés depuis deux mois. Dans le tas, deux chihuahuas, en tout et pour tout.

– Vu que ça court peu, c'est rare que ça se perde ces bêtes, fit remarquer le préposé, un nommé Martin, Luc Martin.

– Et où elles sont maintenant, les bestioles ? s'enquit Ramirez en essayant de ne pas rendre son regard à un vieil épagneul larmoyant, la truffe coincée derrière des barreaux.

– Kaputt ! fut la réponse. Expédiées au paradis des chiens, le délai de garde réglementaire étant dépassé.

– Un sale boulot que vous faites là, dit Ramirez en imaginant une étincelante chambre à gaz miniature où l'épagneul allait sûrement atterrir.

– On est bien obligés, c'est pas que ça nous amuse ! répondit Martin, qui avait l'air d'un brave type.

Ni petit ni grand, ni gros ni maigre, des cheveux filasse, un menton carré, jeans et tee-shirt *Nice Jazz Festival 97*.

– Vous aimez le jazz ? demanda Ramirez, par pure politesse.

– Hein ? Ah, le tee-shirt, c'est une copine qui me l'a filé, répondit Martin avec un sourire fat. Non, moi je préfère le style nu skool, continua-t-il, Carl Craig, Terranova, ce genre.

Avec un hochement de tête entendu, et ne sachant pas trop si le « nu skool » était une de ces nouvelles écoles érotiques que les médias vous faisaient presque passer pour des pratiques religieuses, Ramirez nota en silence les numéros des tatouages des deux bestioles et s'en alla.

Faisait quand même meilleur dehors !

Est-ce que sa femme aimerait avoir un chien ? Non, sûrement pas, elle aimait pas ce qui perdait des poils. Même lui, Ramirez, quand il se brossait les cheveux, elle l'engueulait parce qu'y en avait qui tombaient par terre.

Le petit homme avait décidé de suivre cette fille, la Mauresque qui plaisait tant à cette andouille de Marcel.

Ce pauvre Marcel, il était temps qu'il apprenne un peu que la vie n'est pas qu'une vallée de roses. Pour l'instant, le petit homme faisait un beau nœud à son paquet cadeau.

Jean-Jean lisait les rapports de Ramirez et de Costello pendant que Mélanie tapait du courrier en retard et que Ramirez, tout en se curant discrètement le nez, se demandait si Jean-Jean se tapait Mélanie.

– Tiens, l'beau Ramirez, ç'ui qui cause en Merguez ! lança soudain Jean-Jean en levant les yeux.

Mélanie se permit un bref sourire sans lever les yeux de son clavier.

– Fait chaud, hein ? observa Ramirez que ses cent kilos faisaient transpirer abondamment.

Jean-Jean semblait en colère. Ses yeux clairs ressemblaient à des fentes de boîte aux lettres. L'enquête n'avançait pas et de surcroît il débronzait : plus le temps de pratiquer le jet-ski. L'horreur. Et aujourd'hui c'était son anniversaire et personne, personne ! n'y avait pensé. Il tapa sur le bureau.

– Envoie-moi ce petit con de Blanc !

Ramirez redescendit en maudissant sa mère qui lui avait fait embrasser la carrière en mémoire de son père qui était garde-champêtre dans la province d'Oran.

Sans couper le moteur, le petit homme stoppa la camionnette près de la voiture garée au troisième sous-sol du parking, un endroit frais et sombre, descendit et actionna la commande d'ouverture à distance des portes. Il avait fait faire un double des clés. Rien de plus facile quand on avait l'original à sa disposition.

Il ouvrit le coffre, dévoilant le vaste hayon, qu'une

grille à chien séparait de la banquette. Rien ne traînait. Juste un bidon d'huile et une trousse de premier secours. Dommage, il allait un peu salir...

Il retourna à son propre véhicule, ouvrit tout grands les deux vantaux arrière, sortit un diable qu'il installa près des roues, puis souleva en ahanant un volumineux objet enveloppé de plastique qu'il déposa avec précaution sur le diable. Transport de pièces détachées un peu spéciales...

Le petit homme saisit les poignées du diable et le poussa jusqu'au coffre de la voiture. La première fois qu'il se donnait autant de mal ! Mais c'était comme les magiciens : fallait réussir des tours de plus en plus étonnants pour garder la faveur du public et l'estime de soi. Il fit habilement pivoter le diable et le paquet bascula dans le coffre.

*Le redresser. Doucement, doucement, ne pas l'abîmer. Arranger un peu le ruban.* Il essuya la sueur qui lui coulait dans les yeux du bout de ses doigts gantés de caoutchouc. Il allait avoir les doigts tout fripés, il avait horreur de ça. Bon, voilà, c'était pas mal. C'était même bien. Inoubliable.

Des pas. Il s'arrêta. Se coucha sur la banquette. La main crispée sur le manche de son rasoir. *Si c'est lui, je suis bon. Il se penche sur moi, je le plante. Mais s'il me braque son flingue sur la tête ?* Les pas se rapprochèrent, il en aurait mordu le rembourrage du siège, le dépassèrent. Une portière claqua. Ronflement de moteur. Démarrage. Il se redressa à demi, vit des feux arrière s'éloigner. Le conducteur avait dû penser qu'un véhicule était en panne. Et avait peut-être noté inconsciemment le nom de l'entreprise de dépannage. Aucune importance, il avait utilisé la camionnette de la casse et Mike était en congé.

Il arrangea une dernière fois les rubans, claqua le couvercle du coffre, remonta dans son véhicule et s'éloigna sans hâte, ses lunettes noires bien enfoncées sur son nez et sa casquette de base-ball vissée sur son crâne étroit.

Marcel Blanc était debout dans le bureau étouffant de Jean-Jean. La clim était en panne. Mal à l'aise, il se dandinait d'une jambe sur l'autre. Jean-Jean se moucha avec ostentation.

– Évidemment, j'ai chopé un rhume, en plus ! Saloperie de temps !

Un nuage passa, insolent, devant la fenêtre. Le vent soufflait en rafales. Jean-Jean jeta un coup d'œil dans la rue.

– Dès qu'il pleut, ils sont tous énervés comme des guêpes. Putain d'essaim.

Il se retourna vers Marcel, l'œil sombre.

– Dites-moi, Blanc, tous les corps ont été retrouvés dans votre secteur, si je ne m'abuse ? Ça veut dire en clair que ce type, ce dingue, se trimballe sous votre nez depuis trois semaines avec des cadavres plein les poches ! Ça veut dire qu'il épie sûrement ses victimes pendant que vous maniez, habilement je n'en doute pas, votre gros bâton...

Marcel rougit sous l'intonation grossière de l'inspecteur. Mélanie pouffa. Ce Jean-Jean, il en avait toujours en réserve !

– Excusez-moi, inspecteur...

– Capitaine !

– Hein ?

– Les grades ont changé, mon bon Blanc, le monde change ! susurra Jean-Jean.

– Ah, oui, balbutia Marcel, décontenancé, avant de reprendre : Le fait qu'il dépose les corps dans mon secteur ne veut pas dire que c'est là qu'il les trouve, à preuve que la plupart des victimes semblent avoir été abordées du côté du square Mistral...

– Je m'en fous ! rugit Jean-Jean. Bon sang, vous ne me ferez pas croire qu'on peut trimballer des cadavres gros comme des baleines sous votre grand pif sans que vous voyiez jamais rien !

– Je ne suis pas tout le temps de service...

– Heureusement, parce que ça serait des décharges entières de macchabées qu'on trouverait ! À partir de maintenant, vous laissez tomber le menu fretin et vous essayez de repérer ce type, OK ? C'est tout ce que je vous demande. Ouvrir l'œil !

– Et le bon !

Jean-Jean regarda Marcel avec suspicion. Ce con-là se foutait-il de sa gueule ? Il se carra un chewing-gum sans sucre entre les gencives. Mâchonna avec vigueur. Reprit :

– Peut-être aussi que vous auriez l'esprit plus libre si vous ne passiez pas votre temps à observer certaine créature exotique...

Marcel se raidit. Qui avait bien pu raconter ça ? Qui était au courant ? Qui l'espionnait ?

– Je me demande, poursuivit Jean-Jean, en reniflant discrètement son polo kaki pour vérifier s'il ne sentait pas la transpiration, je me demande pourquoi notre assassin vient les déposer par là.

– Peut-être parce que c'est près du commissariat,

peut-être pour nous emmerder ! proposa Marcel avec bonne volonté.

Ce polo puait, constata Jean-Jean. Il faudrait qu'il le change avant son rendez-vous avec Hélène, la nouvelle réceptionniste. Merde, déjà six heures !

– Ouais... bon, je dois y aller. Je compte sur vous, Blanc !

Marcel descendit l'escalier en ruminant son humiliation. S'il tenait le salaud qui avait parlé de Nadja. Et ça voulait dire quoi : « ouvrir l'œil » ? Qu'est-ce qu'il croyait, le Jean-Jean, que le cinglé se baladait avec une pancarte : ATTENTION, TRANSPORT DE CADAVRES !?

Le cinglé remontait la rue, en sifflotant, comme à son habitude. Il croisa Marcel qui ruminait.

*Pauvre Marcel, il a l'air d'avoir des soucis. Petits soucis de petite fourmi. Pauvre petite fourmi. Viens vite traîner sous ma semelle. Allez, la voix, on dit les paroles rituelles :*

– Salut ! Tu viens boire un coup ?

– T'es fou ou quoi ? protesta Marcel. Déjà que j'ai Jean-Jean sur le dos... et toi ça va ?

*« Moi », ça va toujours. Et « Ça » va encore mieux. Y a que « Surmoi » qui me pompe un peu l'air.*

– On a un boulot monstre. Tu viens chez Jean-Mi, demain ? Elsa fait une paella...

– Ouais, sûrement, lança Marcel, distrait.

– Alors à demain, salut ! lança le cinglé avec un grand sourire.

Marcel s'éloigna rapidement, préoccupé.

Dans l'ascenseur qui descendait au sous-sol du parking, Jean-Jean songeait à la liste que lui avait remise

Costello. Pas des masses de chiens disparus. Le calme plat côté kidnapping-chihuahua.

Il arriva à sa voiture, examina une éraflure suspecte sur le côté droit. Y était ou y était pas ? Avec toutes ces bonnes femmes qui savaient pas conduire ! Ouvrit la portière, s'installa. Vérifia son rétro. Son cœur s'arrêta dans sa poitrine. Puis repartit avec douleur.

La tête, avec son œil unique, le fixait dans le rétroviseur. Jean-Jean jaillit de la voiture, flingue au poing, ouvrit la portière arrière d'un bond.

Le corps était assis. Un corps de gamine avec des sandales en plastique rouge, ou plutôt une sandale en plastique rouge. La tête énucléée était énorme, dodelinante, baveuse. Dans la main rigide de la gamine, il y avait un bouquet de fleurs, à moitié pourries. Des roses, à l'odeur de soufre. L'ensemble était ficelé avec un grand ruban doré, comme un paquet-cadeau. Une petite carte était accrochée au bouquet de fleurs. Jean-Jean hésita, se pencha, veillant à ne pas effleurer le corps. Il lut : « Bon anniversaire, lieutenant » et recula comme si la chose l'avait mordu.

Sans toucher à rien, Jean-Jean fit le tour de la voiture, jeta un coup d'œil sur les quatre portières. Pas de serrure forcée. Il se gratta le nez. Respira un grand coup. Se gratta les parties. Respira encore un coup et remonta lentement les trois étages à pied, jusqu'à la guérite du gardien, l'arme au poing, le cœur au bord des lèvres.

Marcel, fidèle à la consigne, observait. Il observait à droite, observait à gauche, en dessus, en dessous, se décrochait les yeux à observer la foule bruyante. Défilé de jambes velues, de seins ballottants, de bras rougis, de nez pelés, de sandales sales, de cuisses cramoisies. Paulo passa devant lui, chargé comme un mulet d'un bric-à-brac de pièces mécaniques.

– T'as l'air bien sérieux, aujourd'hui, Marcel, on dirait le zouave du pont de l'Alma !

– Je crève de chaud, j'en ai plein le dos ! répliqua Marcel en faisant craquer ses articulations.

Paulo disparut. Il y avait la queue devant la boutique de Jacky. Les cartes postales de filles dénudées partaient comme des petits pains. Japonais hilares devant grosses blagues françaises. Ben surgit à son tour du garage, une boîte de bière à la main.

– Je t'en offre pas, vu que t'es en service.

– Et toi ? Tu bosses pas ?

– Je fais la pause. T'as vu la fille, là, avec les cheveux rasés ? Elle vient de piquer quelque chose dans le sac de la mémé en bleu !

– Arrête tes conneries.

– Je te jure ! Vite, siffle !

– J'ai pas envie de rigoler.

– Oh ! Tu nous joues quoi ? La mise au tombeau ? Allez, ciao !


Le corps recomposé était allongé sur la table en marbre blanc. Doc 51 était penché dessus. Prélevait des échantillons divers qu'il fourrait dans des sacs en plastique pour Alfred et ses copains du labo. 99 % de chances pour qu'il s'agisse des « morceaux » manquants du « cadavre » découvert par les marins sur la plage, se disait-il tout en chantonnant faux et en maniant son bistouri d'une main au tremblement chronique. La routine, toujours la routine. Quelle que soit l'intensité meurtrière dont les tueurs faisaient preuve, son boulot à lui ne variait pas. Œil extirpé avec une lame de rasoir. Pied droit dévoré par une mâchoire humaine. Présence de sperme sur le bas-ventre. Pas de pénétration. Le téléphone sonna. Doc 51 décrocha.

– Ouais ? gueula-t-il, le combiné coincé sous l'oreille, occupé à inciser le sternum de Juliette.

– N'oublie pas de prendre le rôti en revenant, glapit sa femme.

– Oui, chérie, pas de problèmes, répondit-il, tout en extrayant le cœur de la fillette qu'il balança dans un bassin émaillé.

# CHAPITRE 5

De nouveau dimanche. Marcel était de service. Les mouettes tournoyaient en criant. Orage proche. Un gosse, à la terrasse du café, engloutissait une énorme glace, dégoulinante de chantilly. Marcel avait horreur de la chantilly. Il souhaita de toutes ses forces que le gosse aie mal au ventre. Il leur en voulait à tous, pour leur désinvolture, leur soif de s'amuser, leur insouciance de vacanciers, il leur en voulait d'être libres et sous sa responsabilité.

Quelqu'un s'approchait de lui. Il se retourna : c'était elle ! Nadja le dépassa tout en le guignant du coin de l'œil, il la suivit des yeux, elle entra dans le bureau de tabac... Tintamarre d'avertisseurs, bruit de verre brisé.

Marcel sursauta, rappelé à son devoir · un Belge volumineux avait embouti un Italien volubile. Imprécations, insultes. Nadja ressortit du bar sans qu'il la voie, le petit homme sur ses talons.

Pure coïncidence : il était venu chercher des clopes. Heureuse coïncidence. Un signe de la volonté divine.

Nadja se dépêchait parce que Momo allait avoir fini sa sieste. Elle était juste sortie chercher des cigarillos pour le vieux. Et il était là. Le grand flic. Il n'était pas souvent là, le dimanche. De toutes façons il était marié, elle l'avait vu à la plage avec sa femme et ses deux enfants, un petit garçon blond et maigre et une petite fille rieuse. Il avait plongé à côté d'elle sans la voir. Il plongeait bien. Mais son short, il était vraiment moche !

Elle prit le long de la voie ferrée pour rentrer chez elle. Le bruit du vélomoteur pétaradant dans la rue silencieuse la tira de sa rêverie. Elle se retourna machinalement. Tiens, le petit homme du garage, un des copains du flic. La mobylette accéléra soudain et il la dépassa. Elle eut la vague impression qu'il l'avait suivie. Qu'il passe son chemin. Elle n'aimait pas ses yeux. Des yeux hypocrites. Il lui rappelait son oncle qui semblait si pieux et qui avait violé sa propre fille. Le grand flic, lui, il avait l'air... sincère. Elle aimait bien son sourire, un peu timide.

Elle entra dans son immeuble, rêveuse.

La nuit du dimanche fut très calme. Marcel rêva que Madeleine essayait de l'étouffer avec un oreiller. Madeleine rêva qu'elle surprenait Marcel nu et en rut avec une fille brune. Nadja rêva que le flic l'enlaçait dans le square. Jean-Jean rêva que le square était plein de cadavres et que leur assassin se masturbait en riant. Le petit homme se masturba en rêvant qu'il dépeçait Jean-Jean vivant.

Nadja se dépêchait, elle était en retard, elle tira plus fort Momo qui renâclait. Elle faisait des ménages chez une dame âgée, à demi impotente, et elle devait déposer Momo au centre de loisirs. Momo rêvassait, s'arrêtait pour ramasser un bout de papier, une brindille... il traînait, il regardait les bagnoles, le type à vélomoteur au coin de la rue, les yeux rivés sur sa mère...

– Maman, il te drague, le monsieur ?

– Quel monsieur ? Avance, tu m'énerves !

– Le monsieur, là !

Nadja se retourna : personne.

– Momo, je suis en retard !

– Hier il était en bas devant la maison, il te drague, il veut t'épouser ?

– Ne dis pas de bêtises !

– Je l'aime pas, il est moche, je veux pas que tu l'épouses !

Ils étaient arrivés devant le centre. Nadja embrassa Momo.

– Dépêche-toi ! Allez, à ce soir, mon chéri, sois sage !

– Me serre pas comme ça, tu m'étouffes !

Momo se dégagea des bras de Nadja et s'engouffra en courant sous le préau.

Nadja se massa le front, comme pour effacer un souci. Ce gosse était épuisant. L'été était épuisant.


Jean-Jean regarda Ramirez qui transpirait. Ramirez posa un rapport impeccable devant Jean-Jean, se racla la gorge :

– Dites, chef, j'ai pensé un truc...

– Je t'écoute, laissa tomber Jean-Jean avec l'onctuosité d'un évêque.

– Pourquoi ce serait pas le type de la fourrière qui l'aurait pris, le chien ? Je veux dire, il est bien placé, il les a à portée de la main, pas besoin de le voler, vous voyez ?

– Je vois... Mais un chien qui se retrouve à la fourrière, c'est qu'il s'est perdu. Or Costello a interrogé tous les propriétaires répertoriés de chihuahuas sur la ville : ni perte ni disparition signalées.

– Son maître peut avoir clamsé. Ou alors, il vient d'une autre ville. Il y a des chiens qui font des kilomètres.

Jean-Jean réfléchit un instant. Le pachyderme pouvait avoir raison. Il reprit :

– Bon, je vais demander aux collègues de vérifier sur le département. Toi, loge-moi ce Martin. Je veux savoir ce qu'il fait en dehors de ses heures de boulot. Qui il fréquente. Après tout, effectivement, on ne sait jamais.

– Bien, chef.

Ramirez se dirigea vers la porte de son pas traînant, ses sandales de curé raclant le carrelage. Jean-Jean l'interpella, soudain ragaillardi :

– Hé, Ramirez ! C'est la première bonne idée que t'as en deux ans ! Tu pourrais offrir un coup à boire !

– C'est pas mon idée, chef, c'est ma gamine, Émilie, qui y a pensé ! Mais je peux quand même payer un coup... une bière ?

– Une bière, OK, merci !

Et merci à Émilie, se dit Jean-Jean tandis que Ramirez disparaissait dans les profondeurs du commissariat. Il se mit à lire le rapport : « .... sperme de mâle caucasien. Non identifié auprès des banques de sperme. RAS du point de vue génétique ou biologique... »

En bref un type normal. Tout à fait normal. Jean-Jean balança le rapport dans un tiroir. L'image de la tête mutilée flottait devant ses yeux.

Momo attendait devant le centre. Évidemment, sa mère était en retard. L'après-midi, elle donnait un coup de main à la droguerie et ils la retenaient toujours. Tous les autres gosses étaient partis. Désœuvré, Momo dribblait son sac à dos. Normalement, il aurait dû attendre dans la cour. Mais justement, aujourd'hui, Karine, la monitrice, ne pouvait pas rester. Elle l'avait prit à part :

« Écoute, Momo, il est presque sept heures moins le quart, je dois y aller. J'ai rendez-vous chez le dentiste, pour me faire arracher une dent, tu comprends ? Tu restes là dans la cour, tu attends ta maman. Si tu veux quelque chose, tu sonnes chez Monsieur Porieux, d'accord ?

Monsieur Porieux, c'était le concierge, un grand vieux con en tricot de corps, toujours en train de gueuler. Tu parles qu'il allait lui demander quelque chose, Momo. Karine avait prévenu Porieux :

« M'sieur Porieux, faut que je me sauve, vous jetez un œil sur le gamin de temps en temps, sa mère est pas arrivée, merci !

– Pour toucher les chèques de la Sécu, y sont à l'heure, ça oui ! Y parle français au moins ? »

Karine avait souri jaune et s'était engouffrée dans sa deux portes, série spéciale Mers du Sud. (Des décalcomanies de palmiers entouraient la caisse.) Le concierge avait refermé sa porte vitrée noire de crasse et continué à regarder son feuilleton préféré : « Amour et Pause-Café », une superproduction brésilienne entièrement tournée en temps réel dans quinze mètres carrés.

Momo avait un peu joué avec la fontaine, puis comme il était vraiment trempé, il en avait eu marre. Il avait sorti ses billes. Mince, en voilà une de l'autre côté, dans le terrain vague ! Il avait escaladé la grille et était retombé sur la terre retournée destinée à devenir pelouse. C'était déjà plus amusant que dedans. Mais c'était quand même bien long ! Qu'est-ce qu'elle foutait, sa mère ?

Soudain il le vit. Le monsieur. Il était dans sa camion-

nette. Une grise, moche, vieille. Il sourit à Momo par
la vitre ouverte. Lui fit signe d'approcher. Momo haussa
les épaules. Interdit de parler aux monsieurs qu'on
savait pas leur nom parce que souvent ils voulaient vous
faire des trucs, des trucs qui faisaient mal. Le monsieur
sortit de la voiture. Se dirigea droit sur lui sans cesser
de sourire. Il avait de grandes dents jaunes. Brillantes.
Et pointues.

Momo pensa au conte français que leur avait raconté
la monitrice, l'histoire de la gamine qui allait chez sa
« mère-grand », qui tombait sur le loup déguisé en
mémé et qui s'en apercevait même pas, malgré qu'il
avait une drôle de voix et des drôles de yeux et des
énormes dents, tu parles d'une crétine, la Chaperon !

Le monsieur se pencha sur lui avec ses yeux brillants
comme des billes et son grand sourire plein de dents
pointues.

Sans réfléchir, Momo lui balança son sac à dos dans
le nez et s'enfuit à toutes jambes. Il entendit courir
derrière lui et son instinct l'avertit que ce n'était pas
pour jouer. Oh non !

Le centre était tout neuf, pas encore achevé. Tout le
terrain autour du bâtiment principal était en chantier.
Désert à cette heure-ci. Momo courait dans les gravats.
Sans se retourner.

Dans sa loge, le père Porieux venait de s'endormir,
son verre de fine en équilibre sur l'accoudoir du fauteuil.


19 h 15. Marcel regarda sa montre discrètement.
Encore une heure et il rentrait chez lui.

Vivement que Madeleine obtienne son HLM et y
emménage avec les gosses. Paulo le salua de loin, tira le

rideau de fer du garage et s'éloigna, suivi de Ben. Jean-Mi servait des bocks de bière mousseux tout en causant avec la nouvelle serveuse. C'était le calme avant l'hystérie de la nuit. Assis sagement à une des petites tables rondes, le géant squelettique qui avalait habituellement sa dose de lames de rasoir et crachait des gerbes de feu buvait paisiblement un Vittel-menthe. Concert d'avertisseurs, quelque part au loin. Marcel rêvassait.

Brusquement on le tira par la manche. Il se retourna, exaspéré. Nadja le regardait, crispée, essoufflée. Elle se mordait les lèvres, sur le point de pleurer. Interloqué, Marcel se pencha vers elle. Comme elle était menue !

– Je peux vous aider ?

– Mon fils, il a disparu, je ne le trouve plus !

– Où est-ce qu'il devrait être ?

– À l'école, au centre de loisirs. J'étais en retard, il était pas là, il n'est pas à la maison, il est nulle part, il faut le chercher.

– Ne vous inquiétez pas, on va s'en occuper. Je vais vous accompagner jusqu'au centre. On va refaire le trajet ensemble, d'accord ?

Marcel actionna son talkie-walkie pour prévenir qu'il s'occupait d'un gosse perdu.

Il marchait à côté d'elle, la surveillant du coin de l'œil. Elle ne cessait de tordre et détordre ses mains, longues et fines, et marchait aussi vite que lui. Elle ne pleurait pas, ne parlait pas. La montée était plutôt raide. Elle suivait, sans rien dire, indifférente à l'effort physique. Les gens les regardaient passer avec curiosité, un flic et une femme affolée... délicieuses supputations.

Elle s'immobilisa et Marcel manqua lui rentrer dedans.

– C'est là qu'il m'attend d'habitude, derrière la grille.

Le concierge y dit qu'il dormait, il a rien vu. Momo, il aime bouger, il a dû sauter la grille.

Devant la grille, un grand carré de terre retournée. Derrière le centre de loisirs, un grand chantier défoncé. Le futur terrain de jeux. Marcel se dit que le gosse s'était peut-être fait mal en jouant là-dedans. Il avança lentement. Ou peut-être que... mais non, ça il valait mieux ne pas y penser.

– J'ai peur à cause de ce fou qui tue les gens et qui les coud ensemble.

Voilà, elle y avait pensé.

– Ne vous inquiétez pas, on va le retrouver. Quel âge il a ?

– Momo ? Cinq ans. Cinq ans dans un m... s.

Marcel observait le chantier. Il ne remarqua même pas la camionnette, garée un peu plus haut.

Le petit homme était tassé sur son siège. Il les suivait des yeux. À cinq minutes près, il avait le gosse. S'il était pas allé se faufiler dans cette grosse conduite en tôle... Impossible de le suivre, le diamètre était trop étroit. Il avait donc bouché les deux issues avec deux gros sacs de ciment. *Ah ! Ce petit con veut pas sortir ? Qu'il y reste ! Et maintenant, les deux autres qui rappliquent.* Il s'enfonça encore un peu plus sur son siège, au cas où Marcel repérerait la camionnette.

Marcel appelait :

– Momo ! Momo !

Il faisait si noir que c'était comme un trou. Momo ruisselait de sueur. La soif lui brûlait la gorge. Au-dessus de lui, la tôle était brûlante, il ne pouvait pas la toucher. La conduite était restée toute la journée en plein soleil. Et maintenant encore, il devait bien faire 45° à l'intérieur. Il haletait, allongé à plat ventre. Le sale type avait fermé les issues avec des sacs. Momo avait poussé, poussé, mais c'était trop lourd.

Il revit le visage de l'homme penché sur lui, grimaçant. Sa respiration sifflante. Il pleura un peu, de brefs sanglots. Il avait l'impression d'être là, à cuire depuis des heures. Il entendait son cœur qui battait, si fort. Il pensait : Maman, Maman. Rien d'autre. Juste Maman, Maman. Lancinant.

La voix. Une voix d'homme l'appelait. Tout près. Il manqua répondre. Se ressaisit. Et si c'était l'autre ? Il se mit à trembler, sans pouvoir se retenir, malgré la chaleur. Serra les dents sur ses larmes. La voix s'éloigna. Momo écoutait de tout son être.

Et puis brusquement, comme un coup au cœur, la voix de sa mère. Lointaine. Assourdie. Mais là. Tout près. Momo se redressa d'un bond, se cogna violemment la tête contre la tôle sans même s'en apercevoir, hurla :

– Maman, je suis là, Maman !

Personne ne vint, personne ne répondit. Elle ne l'entendait pas, elle était trop loin ! Momo roula des yeux affolés. Ils allaient partir, ils allaient le laisser là... Trouver. Trouver une idée. Vite. Il enleva sa chaussure, et se mit à taper, taper, contre le tuyau, un deux trois, un deux trois, Maman, Maman !

Marcel s'immobilisa. Un son, par là, à droite. Un rat ? Non, un son régulier. Le vent ? Et si le gosse était par là, blessé ? Le crépuscule se fit plus dense. Le soleil venait de disparaître. Marcel regarda autour de lui. Ne vit rien. Nadja marchait, plus loin, fouillant les gravats.

Le son faiblit. Puis reprit. Marcel avança dans la direction du son. Le son se rapprocha : 1,2,3. 1,2,3... Quelqu'un tapait régulièrement ! Marcel mit ses mains en porte-voix :

77

– Momo, attends, on arrive ! Momo, où es-tu ?

Silence. Puis une petite voix, étouffée :

– Là, dans le tuyau !

Marcel courut vers le tuyau, Nadja courut vers Marcel. Il souleva d'un seul coup le lourd sac en ciment, le jeta derrière lui. Se pencha et se trouva nez à nez avec un petit visage couvert de sueur, de larmes et de morve, à demi asphyxié.

Il tira l'enfant au-dehors. Nadja s'en empara, l'enlaçant passionnément. Marcel réfléchissait. Ce n'était pas le gosse qui avait pu tirer les sacs de ciment. Et pas aux deux extrémités. Quelqu'un les avait mis là exprès. Pour qu'il meure, étouffé ? Ou bien par jeu, stupidement ?

Nadja achevait d'essuyer Momo, le redressait, l'engueulait dans sa langue. Puis :

– Dis merci au monsieur !

– C'est même pas ma faute. C'est la faute de l'autre qui voulait me manger. C'était un loup, je l'ai vu, un grand loup ! Tu sais, M'man, comme dans l'histoire...

– Menteur, je vais t'arracher la tête ! Menteur, tu ferais mourir ta mère !

– Mais c'est vrai ! Il a dit : « Viens, viens, que je te croque ! »

Marcel intervint :

– Qui est-ce qui voulait te manger ? Quelle tête il avait ?

– Une grosse tête, avec de grandes dents blanches et de gros yeux rouges.

– Momo, réfléchis bien. Je veux bien te croire, mais ne dis pas n'importe quoi...

Momo s'obstinait :

– Avec plein de poils partout !

Marcel soupira. On aurait dit Frank au même âge, quand les croque-mitaines poussaient sous son lit et que des T.Rex voraces se cachaient dans les toilettes.

– On n'en tirera rien pour le moment, laissa-t-il tomber. Vous voulez que je vous raccompagne jusque chez vous ?

– Non, non. Ce n'est pas la peine. Je vous remercie, monsieur l'agent.

– Si jamais il donnait un signalement plus précis, prévenez-moi, attendez...

Marcel arracha une feuille de son bloc de contraventions, y inscrivit son nom et son numéro de téléphone. C'était pas réglementaire, mais Marcel s'en moquait complètement.

– Marcel Blanc, c'est moi, expliqua-t-il niaisement.

Elle prit le feuillet et le fourra dans son sac en parlant rapidement :

– Je m'appelle Nadja, Nadja Allaoui. Merci. Dis au revoir, Momo !

– Au revoir, m'sieur le flic.

– Au revoir, Momo. Essaye de te rappeler la tête de ce loup et si tu t'en souviens, viens me le dire, que je puisse le retrouver et le chasser, d'accord ?

Momo hocha la tête, distraitement. Marcel les suivit des yeux pendant qu'ils s'éloignaient. Son regard passa sur la camionnette sans la voir. Des camionnettes bleues et sales, il y en avait des tas.

Dès que Marcel eut tourné les talons, le petit homme démarra. Il réfléchissait à toute allure. Si le gosse l'avait reconnu, il était foutu. Et si le gosse ne l'avait pas reconnu, il risquait de le faire, un jour où l'autre, ne serait-ce qu'en passant devant le garage. Il fallait que ce gosse disparaisse. Le plus vite possible.

# CHAPITRE 6

Jean-Jean avala la dernière bouchée de son sandwich crevettes-ananas-mozarella et s'essuya soigneusement les doigts dans le kleenex qu'ils appelaient serviette en papier. Ramirez entra, hippopotame triste. Il dégageait une odeur d'ail et de harissa qui rappela à Jean-Jean qu'il s'était inscrit, par pure bonté d'âme, pour le méchoui annuel des sapeurs-pompiers. Ramirez toussota. Jean-Jean le regardait patiemment.

– Alors voilà, chef...

– Voilà quoi ?

– Alors voilà, le type, là, le Martin de la fourrière...

– Prends ton temps, on n'est pas pressé...

– Bon, alors voilà, il habite boulevard des Espaliers, un joli immeuble propre et tout, mais pas du tout à côté du square, bon, alors voilà...

– Voilà quoi ?! aboya Jean-Jean, puis, se reprenant, il ajouta avec un sourire légèrement crispé : Oui, tu disais ?

– Je me suis dit que si je l'interrogeais, moi Ramirez, il serait pas bavard, forcément, hein, vu que je suis flic, alors voilà, vous savez, chef, j'ai ma cousine, là, celle qui travaille rue Masséna...

– La pute ?

– Oui, Josiane, bon, alors je l'y ai envoyée à la fourrière, comme quoi elle aurait paumé son chien, un caniche. Alors elle y est allée, très correcte vous voyez, distinguée et tout, et patati et patata, et alors il l'a invitée à dîner, alors voilà quoi...

– C'est palpitant. Ils vont se marier ? susurra Jean-Jean dans un feulement contenu.

– Non. Mais lui, à la fin il était beurré, elle sait y faire, vous pensez bien, et il lui a raconté que les chiens, des fois il les prend en douce et il les emporte dans un laboratoire où on fait des expériences sur les animaux vivants. Il les leur vend, vous comprenez, ni vu ni connu... ça gagne bien, y paraît. Et ma cousine, elle demande si elle peut avoir une note de frais ?

– Tu te fous de moi ? Elle s'est pas fait payer, peut-être ?

– Oui, mais elle dit qu'elle était en service commandé et qu'elle s'est décarcassée rien que pour nous, parce qu'elle, après tout, elle s'en fiche, hein ?

Jean-Jean dévisagea Ramirez avec attention. Ramirez transpirait, placide. Jean-Jean remercia brièvement Dieu de ne pas l'avoir fait naître Ramirez. C'était d'ailleurs la seule chose à inscrire au crédit de Dieu en ce moment : sa femme était partie hier en Corse, en gueulant comme un putois, avec les gosses et le kayak. Et cette gourde de Mélanie venait de lui apprendre que son « fiancé » – fallait croire que ça existait encore – un boutonneux qui faisait l'école d'officiers de la gendarmerie, était en permission et plutôt très très susceptible... Il tapota sur son bureau, fit craquer ses doigts, inspira à fond.

– Bon. Où il est, Costello ?

– Surveillance des plages, chef.

– Surveillance des strings des estivantes, oui ! glapit Jean-Jean avec une mauvaise foi ridicule. Ramène-le ici. J'en ai plein le dos d'être le seul à bosser dans cette boîte.

Ramirez disparut, hippopotame accablé. Si seulement Costello lorgnait plus souvent le cul des estivantes que la page culturelle du *Monde*, ils auraient eu au moins un sujet de conversation.

Jean-Jean relisait le rapport que Ramirez avait laissé, en trois exemplaires, sans une seule faute de frappe. C'était marrant comme ce type pouvait parler comme un sagouin et vous pondre des écrits dignes du prix Goncourt.

Tandis que Jean-Jean se faisait cette réflexion en s'éventant vaguement avec le rapport, quelque chose, une étincelle, une braise, le souffle ténu qui a permis à l'homme d'inventer le feu, la roue et le shaker à cocktails, fit « clac », comme l'élastique de la fronde de David, sous son front un peu dégarni.

– Bon sang !

Jean-Jean se leva et sortit.

Si un seul touriste lui demandait encore où était la mer, Marcel se flinguait.

La mer était juste derrière lui, un peu dissimulée par le nouveau Palais des Congrès, d'accord, mais tout de même reconnaissable à ses célèbres moutons blancs et à sa texture aquatique d'un bleu soutenu. Difficile à confondre avec un parking.

Un gosse pleurait parce que sa gaufre venait de choir sur le sol sous la langue avide et sale d'un berger allemand. Sa mère lui octroya une baffe en prime.

Nadja n'avait pas téléphoné. Marcel avait signalé

l'incident du gosse à Jean-Jean qui l'avait félicité pour son esprit d'initiative. Marcel avait raconté toute l'histoire à Madeleine qui avait grommelé :

« Ça, dès qu'une gonzesse remue ses fesses, tu te mets en quatre ! Mais moi et les gosses, on aurait pu y crever dans ton tuyau... T'es bon qu'à rendre service aux autres ! Heureusement qu'on se tire bientôt, tu m'auras toujours fait souffrir, tiens ! »

Hier chez Jean-Mi, il avait raconté la chose aux copains. Tout le monde y était allé de son petit souvenir.

« Moi ma mère, quand je faisais une connerie, elle me flanquait des roustes à coups de pantoufle !

— Moi, une fois, j'ai failli me faire écraser, elle m'a à moitié tué, la pauvre...

— Elles ont beau nous faire les pires chienneries, on les aime toujours, va ! Quand la mienne est morte, l'année dernière, ça m'a fichu un de ces coups...

— Et toi ?

— Elle est morte quand j'avais neuf ans », répond le petit homme, les yeux dans le vague.

Court silence embarrassé.

« Qui c'est qui va au match demain ? »

Marcel se disait que ça devait être sinistre de perdre sa mère si jeune. Lui il avait encore la sienne, qui lui téléphonait toutes les semaines. Quelle chance !

Jean-Jean était debout devant le garage. Il discutait avec Costello qui arborait une nouvelle montre, en or, extra-plate.

— Dis voir, Tony, je veux les noms, les adresses et tout, des types qui travaillent dans ce labo, où le gars Martin revend les chiens. Tu vas chez le Martin, tu lui fais cracher le nom du labo et tu me ramènes tout ça en vitesse. Tu sais quoi ? Je crois qu'on tient le bon bout !

– Certes, mais rien ne nous prouve que le chien provenait de la fourrière.

– Rien ne nous prouve le contraire non plus. Écoute, un labo, ça veut dire des bistouris, des trucs qui *coupent*, ça veut dire un mec qui peut se faire plaisir sur les animaux, s'il est un peu malade...

– Dans ce cas, pourquoi notre « homo psychopatus » ne continue-t-il pas à vaquer à ses petites distractions au lieu de se mettre à exercer ses talents sur des êtres humains ?

– T'es génial, Tony, tu sais que t'es génial ? Il continue pas, parce qu'il s'est fait virer ! Je veux ça. Je veux les noms de tous les mecs qui se sont fait virer de ce labo !

Jean-Jean assena une grande claque dans le dos de Tony qui s'éloigna en marmonnant. Il se retourna tout content. Le petit homme était à côté de lui, en train de s'essuyer les mains dans un vieux chiffon, avec un bon sourire.

– Ça y est, elle est prête, vous pouvez y aller...

– Ah, c'est pas trop tôt, allez, merci. Salut !

Jean-Jean grimpa dans la voiture et démarra.

Le petit homme avala aussitôt son sourire, il avait les mains moites, les tempes battantes. Salauds de flics ! Crétin de Martin ! Il semblait que pour Martin le temps de vivre soit passé. Le petit homme enfourcha son vélomoteur et démarra à fond la caisse. Ce coup-ci, personne ne l'empêcherait d'aller jusqu'au bout.

Costello regarda l'heure à sa nouvelle montre. 20 heures. Il s'épongea le front avec sa pochette en soie bleu marine. Appuya son index jauni par la nicotine sur la sonnette. Pas de réponse. Sonna encore, longuement. L'interphone restait muet. Pourtant, quand il avait téléphoné, il y avait vingt minutes à peine, le sieur Martin était là. Si jamais cet olibrius s'était enfui...

La porte de l'immeuble s'ouvrit soudain, laissant le passage à un monsieur élégant, pilotant un doberman souriant de toutes ses dents. Costello s'engouffra à l'intérieur, agitant promptement sa carte sous le nez du type avant que le doberman lui avale le bras. Le type en oublia d'avaler sa salive, qui lui coula sur le menton. La police ! Une sale histoire en perspective !

Costello monta en courant jusqu'au quatrième et atteignit la porte de Martin hors d'haleine. Il sonna encore. Bien qu'il entendît résonner la sonnette, il se dit machinalement qu'elle était peut-être en panne. Il frappa, des coups lourds et bien espacés. Un déclic et la porte glissa sur ses gonds. Mais ce n'était pas Martin qui ouvrait.

Martin était assis dans un fauteuil en cuir noir, près de la chaîne stéréo. Son corps, du moins. Sa tête, elle, était posée sur la télé, à côté d'une photo dédicacée de Madonna. Le sang giclait encore comme une petite fontaine de grenadine.

À l'instant où son regard incrédule enregistrait la scène, Costello se sentit inondé de sueur. La porte pivotait dans son dos ! Il se retourna comme un fou en dégainant face à la porte qui se referma en claquant. Le tueur ! C'était lui qui lui avait ouvert ! Costello avait déjà bondi sur le palier. Bruit de pas précipités dans l'escalier. Il se pencha par-dessus la rampe bien cirée. Une silhouette indistincte dévalait les marches à toute allure.

– Stop ! Stop ou je tire !

Costello dévalait les marches quatre à quatre, au mépris de son hypertension. Il tira, au jugé, sans atteindre le fuyard qui longeait prudemment le mur. Encore une volée de marches. Le petit hall sombre. Costello tâtonna pour trouver le bouton de la porte d'entrée, précieuses secondes perdues, le trouva, appuya et se retrouva nez à nez avec le gracieux doberman, tous crocs dehors.

Le monsieur respectable tira sur la laisse.

– Arrête, Fifi, le monsieur est policier, il est gentil !

– Un individu, un individu qui est sorti en courant, vous l'avez vu ?

– Non, mais il y a un groupe de punks là-bas, c'est une honte ces punks, hein, Fifi ?

– Ôtez-vous de là !

– Restez poli, s'il vous plaît !

Entendant son maître élever la voix, le doberman saisit délicatement le bras gauche de Costello entre ses crocs.

– Virez-moi ce chien ou je lui flanque une balle dans la tête !

Horrifié, le monsieur bien mis tira vivement le chien sur le côté, libérant le passage. Costello se rua sur le trottoir, revolver au poing, sans écouter ses invectives.

– Il est fou ! Viens, Fifi, c'est un fou, toute la police n'est qu'une bande de vieilles folles ! Fou ! Hou !

Il referma la porte, dignement, imaginant déjà la lettre qu'il allait envoyer à la mairie.

Costello restait planté sur le trottoir, haletant, une main sur le cœur, l'autre brandissant son arme. Il courut vers la droite, puis vers la gauche, sous le regard goguenard d'une dizaine de skinheads agglutinés autour d'un banc. Rien, bien sûr. Le tueur s'était fondu dans la ville. Toute la scène n'avait pas duré plus de cinq minutes. Suffisantes pour fiche en l'air trente ans de bons et loyaux services. Ne restait plus qu'à appeler Jean-Jean...

Marcel vit le vélomoteur ralentir, du coin de l'œil. Le petit homme sauta à terre. Petit signe amical, de loin. Vraiment, sa combinaison était dégueulasse, toutes ces taches... Il pourrait la laver, quelquefois. On voyait bien qu'il était célibataire, le veinard !

L'appartement de Martin était passé au crible. Le docteur Herblain ronchonnait en se relevant péniblement :

– On peut pas dire que vous me faites chômer en ce moment... Bon, eh bien je dirais que c'est une décapitation avec couteau de chasse. Il a dû l'égorger, puis appuyer sur la lame, comme ça, pour séparer la tête du corps, vous voyez ?

– Très bien, merci.

– Avec un bon couteau, il ne faut pas tellement de force. C'est toujours une question de matériel, vous savez...

– La serrure n'a pas été fracturée, réfléchit Jean-Jean à voix haute. C'est donc que Martin a ouvert. Il ne devait pas se méfier...

– Il aurait dû ! Mon pauvre Jean-Jean, c'est pas marrant tout ça, mais faut que j'y aille.

– Laissez-moi deviner, votre grand-tante de quatre-vingt-huit ans se remarie ?

– Non, pourquoi dites-vous ça ? C'est le baptême de mon filleul, c'est tout.

– Ah, excusez-moi. Et dire qu'y en a qui disent que la famille se porte mal...

– Je suis sûr que vous êtes du genre à avoir voté pour le PACS, lui répliqua Doc 51 d'un air sévère. On en reparlera dans vingt ans

Dans vingt ans, je serai grand-père, moi aussi, songea Jean-Jean, tandis que Doc 51 effectuait sa sortie, raide et compassé. Faudra se farcir les gendres au déjeuner dominical et faire « pouet pouet » aux bébés pendant que mes filles discuteront de leurs mérites respectifs.

Il sourit. On distinguait à peine le renflement que faisait la flasque de pastis dans la poche arrière gauche du pantalon du Doc.

Costello s'approcha, soupira :

– L'assassin s'est volatilisé.

– Tu m'étonnes. Bon, les gars du labo ont fini, on y va. Fais mettre les scellés. C'est pas net, tout ça, Costello, c'est pas net. Comment le tueur a-t-il su que tu allais venir ? Et s'il l'ignorait, pourquoi a-t-il tué Martin ? On a quoi au juste sur les fréquentations de Martin ?

– Pas grand-chose. Apparemment, c'était un solitaire. La seule compagnie qu'il apprécie est la compagnie féminine.

– Ça ne nous arrange pas vraiment. Bon, on verra ça demain. J'en ai marre. Je vais me coucher.

– Se coucher, c'est pas tout, faut aussi se reposer... risqua Ramirez, histoire de le dérider, mais Jean-Jean resta de marbre.

Le téléphone sonnait. Madeleine regarda sa montre. 23 heures. La belle-mère qui avait une attaque ? Juste quand elle venait de se mettre au lit, évidemment. Elle se releva, décrocha. Une voix de femme. Jeune. Avec un drôle d'accent.

– Je pourrais parler à Monsieur Marcel, s'il vous plaît ?

– Marcel, une garce pour toi ! cria Madeleine, saisie d'une jalousie brûlante.

Marcel, effaré, surgit de la salle de bains, à poil, tout mouillé. Il prit le combiné avec précaution.

– Allô ?

– Il était à poil sous la douche ! beugla Madeleine dans l'appareil.

Marcel l'écarta d'un revers de main.

– Allô ? Excusez-moi, avec cette télé...

Madeleine lui pinça sauvagement le gras de la cuisse.

– Monsieur Marcel ? dit Nadja, essoufflée. Momo, il dit que le type, il l'a déjà vu, avant. Il dit qu'il l'a vu en bas de chez nous. Alors ça veut dire que ce fou il sait où on habite, non ? Je vais faire quoi, moi ? Pourquoi il veut me voler Momo ? Je voulais pas téléphoner mais...

– Heu, écoutez, ne paniquez pas, je vais venir, ce sera plus pratique...

– Pour s'envoyer en l'air c'est sûr, espèce de pourri ! cracha Madeleine prise de folie, en décochant un coup de pied dans le tibia droit de Marcel.

– Aïe, salope ! Non, je disais : j'arrive. À tout de suite.

– Faites gaffe, il a le sida !! !

Marcel raccrocha, saisit Madeleine par le bras.

– Tu deviens folle ou quoi ?

– C'est avec elle que tu me trompes, hein ? C'est pour elle que tu veux divorcer, hein ! Même pas une

Française ! Tu m'écœures... Tu déshonores ta famille !
Salaud !

Marcel s'habillait en s'efforçant de ne pas écouter.
Il prit son revolver. Son blouson.

– Et pourquoi tu mets pas ton uniforme si tu vas
travailler ? Hein, pourquoi ?!

Madeleine s'accrochait à lui, maintenant, au bord des
larmes. Il s'efforça de parler calmement, de ne pas céder
à l'envie de l'envoyer dinguer contre le mur.

– Parce que c'est en dehors de mes heures de service.
Ce n'est pas à cause d'elle qu'on se sépare. Cette fille,
je la connais à peine, ajouta-t-il d'un ton ferme. On se
sépare parce que c'est fini entre nous. Et tu le sais très
bien. Écoute, Madeleine, pour une fois ne me fatigue
pas, j'ai mal au crâne.

– Et moi c'est au cœur que j'ai mal, à cause de toi !

Madeleine fondit en larmes. Marcel lui tapota distraitement la tête et s'en alla. Il n'arrivait plus à éprouver de compassion pour elle. Il l'avait aimée, c'était la
mère de ses enfants, mais elle lui pompait l'air au-delà
de toute expression, sans qu'il puisse réellement dire
pourquoi.

Madeleine reniflait, adossée au mur. Cocufiée par
une immigrée ! Et dire que la semaine dernière encore,
elle nettoyait le vomi de ses chaussures à ce fumier, la
vie était une honte !


Le petit homme n'était pas content. Assis devant la
télé, il regardait distraitement le championnat du monde
mi-lourds. Les boxeurs s'essoufflaient. Deuxième
reprise. *Ta gauche, bordel, ta gauche ! Baisse-toi,
baisse-toi, merde, non mais quel con ! Oh putain ! en
pleine poire !* La cloche. Bref répit pour les hommes

ruisselants de sueur, bouche entrouverte, slip éventé, l'eau coule sur le torse musculeux qui se soulève trop rapidement. Respirer. Se reprendre. *C'est pas si dur de faire un effort sur soi. Moi, j'en fais tout le temps.* Le petit homme buvait sa bière, à petites gorgées, pensivement.

*Il n'y a pas tellement de laboratoires sur la région. Ils finiront bien par trouver le bon. Et du coup par me trouver, moi. Avec leurs sales têtes de fouineurs obstinés, toujours à fourrer leurs groins puants dans le linge sale des autres. Et quand ils m'auront trouvé, ils m'enfermeront et ils me feront ces implants dans la tête, juste sous le cuir chevelu, même qu'ils ont déjà essayé l'autre fois et j'ai dû fendre la peau au rasoir pour le trouver et putain, ça saignait, oui, vas-y, tue-le ! vas-y, cogne ! Ta gauche, merde ! Il faut que je trouve quelque chose. Une sécurité. Une... monnaie d'échange.* Le petit homme se détendit soudain et sourit. Il avait une idée.

Marcel frappa doucement à la porte de Nadja. À cette heure, il valait mieux faire le moins de bruit possible. Surtout avec les voisins... La porte s'ouvrit. Nadja s'effaça pour le laisser passer.

– Entrez.

Un vieil homme buriné, assis en tailleur devant une table basse, le dévisageait. Il s'adressa à Nadja, l'air courroucé. Elle sourit à Marcel, nerveuse.

– Il demande qui vous êtes...

Se retourna vers le vieux.

– C'est le policier. Il vient pour Momo...

Elle répéta la phrase en arabe.

Le vieil homme hocha la tête sans se départir de son expression renfrognée. Il remplit les verres à thé, en offrit un à Marcel. Marcel s'accroupit. On ne pouvait pas dire que c'était vraiment pratique comme position. Il entendait les os de ses articulations craquer. Nadja resta debout, l'air inquiète, tendue.

– Pourquoi est-ce que quelqu'un en voudrait à Momo ? On n'a pas d'argent, on n'a rien. C'est un fou, n'est-ce pas ? Pourquoi vous l'arrêtez pas ?

– Arrêter qui ? On ne sait même pas s'il y a vraiment quelqu'un.

Marcel refusa soigneusement d'envisager l'hypothèse où l'agresseur de Momo et celui qu'il surnommait le Couturier de la Mort ne seraient qu'une seule et même personne.

Momo surgit tout à coup, tout ébouriffé. Il pleurait. Nadja le prit dans ses bras.

– Ça va, mon chéri ?

Elle se tourna vers Marcel.

– Il pleure, il fait des cauchemars maintenant... Allez, c'est fini...

– Je veux pas qu'on me mange...

– Personne ne te mangera, tu es un grand garçon. Allez, dis bonjour au policier.

– Non. Pourquoi il est là ? Je veux pas qu'il habite ici.

Marcel se racla la gorge. Nadja haussa les épaules.

– Il ne va pas habiter ici. Il est juste venu te voir.

– Eh oui ! Salut Momo ! lança Marcel. Alors, dis-moi, tu l'avais déjà vu avant, ce type qui est venu te chercher à l'école ?

– Non !

Marcel soupira en se relevant. Crac ! Bonjour les genoux ! Il eut l'impression furtive que le vieux ricanait. Nadja caressait la joue de Momo qui bâillait, les yeux mi-clos.

Marcel se passa la main dans les cheveux. Une cigale s'égosillait sur le balcon. L'air sentait la menthe et la cannelle.

– Bon, je crois que je vais y aller.

– Je vous ai fait venir pour rien, je suis désolée, mais tout à l'heure il disait... je crois que je me suis affolée...

– Ce n'est pas grave. Allez, ciao, Momo, dors bien. Au revoir, monsieur.

Momo tira Marcel par le pantalon.

– T'as une moto toi aussi ?

– Pourquoi ? Qui est-ce qui a une moto ?

– Le loup, il était en bas de la maison sur sa moto.

Marcel se sentit tout de suite plus réveillé.

– Elle était comment, sa moto ?

– Moche. Vieille.

– Et il avait un casque de quelle couleur, sur sa moto ?

– Il avait pas de casque, il avait une casquette comme NTM.

– Avec des yeux marron ou bleus ?

– Je sais pas. Marrons ?

– Et il portait une combinaison de moto ?

– T'es fou ! Pas pour une petite moto comme ça ! Il avait un truc bleu, là, comme Papa...

Marcel regarda Nadja.

– Il veut dire un bleu de travail.

Marcel exultait. Peut-être que le type était bel et bien un ouvrier du chantier !

– Et il est grand comment ? Plus grand que moi ?

– Non, il est comme Pépé...

Marcel regarda le pépé, qui devait faire dans les un

mètre soixante. Marcel sentait déjà la poigne solide de Jean-Jean lui broyer les doigts avec reconnaissance.

– De quoi tu te souviens encore ?

– Je sais pas.

– Il avait des bijoux ?

– C'est pas une fille !

– Je sais, mais un bracelet, une montre, un collier...

– Un collier, avec une médaille avec un copain de Jésus dessus.

– Un copain de Jésus ?

Nadja intervient :

– Il veut dire un personnage religieux.

– Une médaille de saint peut-être ?

Momo haussa les épaules.

– T'en as une moto, toi ?

– Non je n'ai pas de moto, reprit Marcel, mais j'ai une voiture, je t'emmenerai promener si tu veux.

– Avec Maman ?

– Oui, bien sûr.

Nadja toussota. Le vieux les regardait, suspicieux. Une mouche bourdonnait. Il l'écrasa, du premier coup, entre ses paumes. Marcel sursauta, reporta son attention sur le gosse.

Sans prévenir, Momo ferma les yeux et se laissa tomber sur la canapé, tout mou.

– Il s'est endormi, expliqua Nadja.

Marcel ouvrit la porte.

– Je vais y aller. Je vous tiens au courant. Mais ne vous inquiétez pas, on va le localiser rapidement, maintenant...

Nadja sourit, un petit sourire mal assuré. Elle se pencha vers lui, sur le palier, pour allumer la lumière du couloir extérieur. Il sentit son épaule nue le frôler...

– Pour la balade en voiture, si ça vous dit...

– Vous devez avoir beaucoup de travail...

Ils chuchotaient sur le palier, yeux dans les yeux.

– Je peux me libérer. On pourrait aller pique-niquer...

– Je ne sais pas.

– Décidément, c'est de famille !

Nadja sourit, un vrai sourire. Marcel lui serra briè-vement l'épaule, dans un geste amical-et-réconfortant. Chair pleine et ferme et douce.

– Bon, on en reparlera. Allez, dormez bien.

Il dévala l'escalier sur la pointe des pieds. Arrivé en bas, il leva la tête. La porte s'était refermée. Il sortit. Un bruit, léger, au-dessus de lui. Marcel se retourna. Nadja étendait du linge sur le balcon. Elle le dévisa-geait. Il sourit. Elle sourit. Marcel se sentait tout bête. Il fit « coucou » avec la main, plongea, rouge de confu-sion, dans sa voiture et démarra.

# CHAPITRE 7

Orageux. Le temps était orageux. Le climat du commissariat aussi. Une dame en tailleur de soie déchiré pleurait sans retenue : on l'avait rouée de coups de pieds, on lui avait volé ses bijoux. Un agent excédé alla lui chercher un verre d'eau. Un grand type, ventru, essayait d'étrangler trois gamins qui le narguaient, hors d'atteinte. « On » lui avait dérobé son portefeuille au cinéma.

– Même pas vrai, c'est à cause qu'on est bronzés, raciste !

– Faites pas les imbéciles, on vous a à l'œil depuis un moment. Asseyez-vous, monsieur, on s'en occupe.

Un dealer, nerveux, menottes aux poignets, assis sur le vieux banc de bois, jetait des coups d'œil furtifs à droite, à gauche, comme un automate détraqué.

Des flics pressés passaient avec des dossiers. D'autres passaient avec des matraques.

Jean-Jean ouvrit une porte gris sale. Ramirez leva la tête, surpris. En face de lui, avachi sur une chaise en plastique, se tenait un petit vieux ventripotent, en short, du sang plein son tee-shirt jaune, des cheveux jaunes aussi, raides comme une forêt de gitanes papier maïs. Jean-Jean désigna le petit gros du menton :

– T'en as pour longtemps ?

– Je finis avec lui et j'arrive.

– Qu'est-ce qu'il a fait ?

– Il vient de tuer sa femme, à coups de bouteille. Il lui a d'abord cassé la bouteille sur la tête, et puis, pan, dans le ventre.

– Pourquoi vous avez fait ça ?

Le type haussa les épaules, sans répondre. Ramirez répondit à sa place :

– Elle voulait toujours qu'il sorte le chien et les poubelles, elle le faisait suer tous les soirs, juste quand le film commence à la télé. Tu te rends compte, ce type, il a pas vu le début d'un film depuis quinze ans !

– Fallait vous acheter un magnétoscope.

– Oh moi, vous savez, leurs trucs modernes...

Jean-Jean soupira. Se tourna vers Ramirez.

– Bon, quand t'as fini, tu viens, le petit Blanc a du nouveau.

Ramirez acquiesça distraitement et se retourna avec délice vers le type.

– Et elle vous interdisait de fumer, aussi ?

– C'est même pas la peine de le demander, c'est la première chose qu'elle m'a interdite. Je devais fumer sur le balcon, à mon âge, vous imaginez ?

Jean-Jean referma la porte.

Derrière son traitement de texte, Mélanie taillait un crayon, l'œil torve, le geste lent et glissant.

– Vous taillez bien, vous, dites donc ! lança Jean-Jean en s'asseyant, rigolard.

Mélanie rougit, croisa les jambes. Jean-Jean jeta un coup d'œil.

– Vous avez encore bronzé ! C'est votre copain qui vous a menée en bateau, ha ha ha ?!

– Ha ha ha ! Non, il est reparti hier soir, il revient dans un mois.

Jean-Jean lui sourit béatement.

– Eh bien, il va falloir en mettre un coup... je veux dire, avec tout le boulot qu'on a... ,

– On peut s'y mettre tout de suite... répondit Mélanie, mutine, en suçotant son crayon.

Jean-Jean se sentit inondé de sueur. À cet instant précis, on frappa à la porte. C'était le trio infernal : Ramirez, Blanc et Costello.

Mélanie posa illico son crayon et se mit à noter des tas de trucs, très affairée. Jean-Jean dévisageait ses flics tout en déchiquetant d'un air menaçant des trombones multicolores. Il leur donna ses instructions de sa voix la plus professionnelle.


Marcel se passait de l'eau sur le visage dans les toilettes du bistrot. Il se regarda dans la glace au-dessus du lavabo et il se trouva moche. Un nez busqué, des rides, des yeux trop gris, une grande bouche, des cheveux roux frisés et une superbe moustache : on aurait dit un mineur gallois. Pourtant sa mère était de Marseille et son père de Toulon. Pas traces d'exotisme dans la famille. Il repensa à Jean-Jean qui l'avait envoyé sur les roses, avec son histoire d'agresseur d'enfants :

« Je commence à en avoir plein les bottes de vos histoires, Blanc, on mélange pas le plaisir et le service, compris ?! » avait-il hurlé, tandis que Mélanie tapait au moins 400 mots/minute, les yeux rivés sur son clavier

Ensuite, Jean-Jean avait ajouté sombrement :

« Blanc ! Ce que je vais vous dire restera entre nous, d'accord ?

– Bien sûr...

– Vous n'avez pas la tête à votre travail en ce moment. Taisez-vous ! Votre vie privée ne me regarde pas, mais je vais vous donner un conseil : méfiez-vous.

– Je fais mon boulot, capitaine. Le reste, ça me regarde.

– Et moi, je peux vous dire que vous aurez une mauvaise surprise. Votre moukère, votre gentille mère de famille, votre veuve 4 étoiles, c'est une pute.

– Pardon ?

– Vous m'avez parfaitement entendu. Sur ce, vous pouvez disposer », lui avait lancé Jeanneaux en lui tendant deux feuilles dactylographiées.

Marcel avait salué et était sorti. Il sentait ses oreilles brûler de colère. Il se croyait tout permis, le Jeanneaux. Il avait jeté un coup d'œil sur les papiers, dans l'escalier sombre. Deux comptes rendus d'interrogatoire. Le premier, d'un certain Karim Abdache, épicier de son état. Les mots lui sautaient aux yeux dans le désordre. *Arrière-boutique*, *Nadja Allaoui*. Il se força à recentrer sa respiration, comme au gymnase, et vint à bout de la deuxième feuille. Abdache avait vendu épisodiquement les charmes de Nadja dans son arrière-boutique. Ça se passait quelques mois après la mort de son mari, qui l'avait laissée sans un rond dans la clandestinité, avant que sa situation soit régularisée. Affaire classée, jamais de rechute apparemment, d'après la note de Rudy la Fouine accrochée au verso de la deuxième feuille.

Rien de dramatique, s'était dit Marcel en expirant-inspirant plusieurs fois. Quelques écarts de conduite pauvrement rémunérés. Ce n'était pas une vocation, c'était la contribution d'une femme démunie à l'entretien du foyer. Il savait que la Nadja qu'il avait en face de lui était la vraie Nadja, s'assura-t-il en se faisant une affreuse grimace. Le soleil tapait sur la peinture verte écaillée et dérangea une araignée qui se mit à galoper vers les toilettes. Il s'essuya le visage avec la manche de sa chemise bleu ciel. Bon, fallait retourner au turbin.

Il remonta, traversa le bar, croisa Jean-Mi qui passait, ruisselant, chargé de bocks mousseux. Marcel était juste descendu pisser deux secondes, il était de service jusqu'à dix-huit heures.

Dehors, la chaleur était comme toujours accablante. Marcel se posta judicieusement sous un palmier. Il repensait à sa dernière engueulade avec Madeleine. Une silhouette attira son regard, sur la gauche. Nadja avançait sur le trottoir d'en face, sans le regarder. Momo, lui, tourna la tête vers Marcel, lâcha la main de sa mère et traversa en courant pour le rejoindre.

– Momo ! Qu'est-ce que tu fais ? cria Nadja.

– Salut, monsieur le flic !

– Bonjour... tu viens de l'école ? demanda bêtement Marcel, troublé.

– Y en a pas d'école, c'est les vacances, tu le sais pas ?

Nadja avait traversé, elle le récupéra.

– Excusez-le, il vous embête...

Brusquement, le gamin s'agrippa aux jambes de Marcel, la tête cachée dans son pantalon. Marcel lui releva le visage.

– Qu'est-ce qui se passe ?

– Là-bas, c'est lui, là-bas !

Marcel regardait de tous côtés.

– Où ? où ?

– Là-bas, sur la moto !

Le feu venait de passer au vert. On entendait pétarader une mobylette au coin de la rue, hors de vue.

Marcel se mit à courir comme un dératé : peine perdue. Les gens le regardaient, surpris. Il revint vers Nadja. Les gens se poussaient du coude. Jean-Mi, sur sa terrasse, secouait la tête d'un air réprobateur : le Marcel, il déconnait à plein tube en ce moment...

Ramirez était essoufflé. Il venait de grimper les trois étages qui menaient à l'antre d'Alfred.

– Grimper ces trois étages, avec cette chaleur, ça me tue.

Alfred le regarda, goguenard :

– Si t'es dans cet état-là chaque fois que tu grimpes quelque chose...

Ramirez lissa ses cheveux gris trop longs dans le cou, se recoiffant du plat de la main.

– Fais pas ta fière, beauté. Alors, quoi de neuf ?

– C'est tout écrit là-dedans.

Alfred lui tendit un dossier plastifié.

– Mais est-ce que tu sais lire ?

– T'en fais pas, c'est pas pour moi, c'est pour Jean-neaux.

– Ah bon, tu me rassures.

Le petit homme occupait sa place favorite : allongé sur le canapé. Il regardait les informations à la télévision. Tremblement de terre au Kurdistan. Des milliers de victimes ensevelies. Les sauveteurs fouillaient inlassablement les décombres, mettant à jour des corps écrasés, déchiquetés. Quelque part, enterrée sous les gravats, il y avait une femme, on l'entendait frapper et appeler. Les sauveteurs creusaient et lui criaient de tenir bon.

Tétanisé, le petit homme renversa la tête en arrière, mâchoires crispées, en proie à la plus vive agitation, ses yeux roulant frénétiquement dans ses orbites, et il se mit à geindre, dents serrées ; puis, d'une détente de tout son corps, il projeta sa boîte de bière contre la télé. La bière gicla sur la journaliste blonde à la permanente flamboyante, coulant le long de l'écran comme des larmes mousseuses. Le petit homme enfouit sa tête dans les coussins et se mit à se balancer d'avant en arrière en gémissant.

À cet instant, on sonna. Il sauta sur ses pieds, d'un bond, s'essuya les yeux, se recoiffa avec la main, inspectant la pièce du regard. Tout était en ordre, à part le liquide sur le visage affable de la journaliste. Il passa rapidement un coup de torchon sur l'écran. C'était pire, on aurait dit un pare-brise sale un jour de pluie. La sonnette retentit à nouveau. *Bon Dieu, quelle heure est-il ? Qui ça peut bien être ? Les flics ? Respirer un grand coup. Garder le contrôle. Ne pas oublier son rôle.* Il ouvrit la porte, prêt à tout.

Marcel lui faisait face, un sourire stupide sur la figure. Le petit homme ne put retenir son soulagement :

– Ah, c'est toi !

– Ouais, je suis de patrouille dans le coin. T'attendais quelqu'un ? Je te dérange ?

– Non, non, justement, j'avais peur que ce soit un emmerdeur. Entre, je viens d'ouvrir une boîte de bière, ça a giclé de partout, j'allais nettoyer...

– Dis, je voulais te demander... ça m'ennuie, mais...

*Plaisanterie mâle de rigueur :*

– Qu'est-ce que tu veux ? L'adresse d'une bonne maison de passe ? Ton horoscope de la semaine prochaine ? Vas-y, te gêne pas...

– Ha ha ha ! Non, je voulais juste savoir si tu pouvais pas me prêter la camionnette pour dimanche...

– Ta bagnole est en panne ?

– Heu, non, mais Madeleine, elle va voir sa sœur, à Fayence, et comme je voudrais me balader un peu, m'aérer, quoi...

– Ouais, je vois. Te balader, tout seul, tranquille, jouir de la nature...

Il fit rouler le « r » de jouir en se léchant les lèvres.

– Oh, je pensais emmener une copine, répondit Marcel avec un air de premier communiant.

– De la maternelle, je suppose ? T'es pas gonflé, toi ! Tu peux pas attendre d'avoir divorcé pour cocufier cette pauvre Madeleine ?

Marcel rougit en tripotant sa casquette.

– Je savais pas que t'aimais le couscous tant que ça...

Marcel ne répondit rien, mais le petit homme nota la légère crispation de son gros poing.

– Ouais, bon, je disais ça comme ça, ouais, je peux te la prêter. Fais-y gaffe quand même.

Il se gratta la poitrine, l'entrejambe, bâilla, l'air ensommeillé. Marcel le remercia brièvement, remit sa casquette et sortit. Heureusement qu'on pouvait compter sur les copains, se dit-il. Même s'il n'appréciait pas certaines remarques.

À peine la porte refermée, le petit homme tendit son médium pointé sur elle, dans un geste obscène, les yeux pleins de haine.

Il devenait encombrant, le Marcel. Qu'est-ce qu'il croyait ? Qu'il avait droit au bonheur ? Qu'il avait le droit de transgresser les règles et de s'en sortir ? Et tiens, d'ailleurs, une tête de petit beur sur un corps de flic, ce serait pas banal, ça.

Le petit homme marcha jusqu'au frigo, l'ouvrit, saisit quelque chose emballé dans du papier aluminium, le déballa et resta là, debout, mâchant avec fureur.

Il rongea soigneusement les petits os, puis les jeta à la poubelle. Rota avec satisfaction. Qu'est-ce qui ressemble plus à un os de poulet qu'un os d'auriculaire ? On vous le demande !

Marcel avait les pieds qui marinaient dans ses chaussures. Il avait l'impression qu'ils avaient doublé de volume. Il remua les orteils. Si seulement il pouvait ôter ses chaussures et fourrer ses pieds dans la fontaine. Et tous ces porcs qui se pavanaient en sandales... Enfin, dimanche tout irait mieux : il emmenait Nadja et Momo en balade. Si elle voulait bien. Il ne le lui avait pas encore demandé.

Cette semaine, calme plat, pas de meurtres. À croire que le dingue était parti en vacances, lui aussi. Ou qu'il mijotait un sale coup fourré. Marcel n'était pas un optimiste.

Marcel regarda sa montre. Encore une journée de tirée. Ce soir, entraînement, avec les copains. Il rentrerait tard. Madeleine aurait déjà dîné. Tant mieux. L'avocat avait dit que c'était plus qu'une question de semaines. Mais il ne fallait pas abandonner le domicile conjugal. Ça ferait mieux à l'audience.

Jean-Mi, Paulo, Jacky et Ben étaient déjà installés dans la Méhari. Jean-Mi klaxonna, interrompant ses pensées. Marcel leur désigna sa montre. Il articula en silence : « Dix minutes. » Les autres râlaient. Des bribes de conversation lui parvenaient, pendant les brèves accalmies de la circulation.

– T'imagines, elle a tenu huit jours, cette bonne femme, huit jours, sans bouffer, sans boire, enterrée dans le noir !

– Moi ça me rendrait fou, je crois...

Une R 25 recula en force, défonçant le pare-chocs de la Panda garée derrière elle. Bruit de phare brisé. Marcel s'avança, exaspéré. Et voilà, comme ça, il terminait la journée en beauté !

Ramirez traînait les pieds. Des laboratoires, il en avait déjà vu quatre. Intéressant, cependant, toutes ces recherches. Il aimait bien la science, Ramirez. Quand on y pensait, on était bien peu de chose quand même... Des cobayes pour le Bon Dieu, peut-être ? Cette atroce pensée le fit frissonner malgré la chaleur. Enfin, il avait fait son boulot, Jean-Jean serait content. Et lui, Ramirez, tranquille.

Les résultats d'analyse n'avaient rien donné. Il fallait chercher ailleurs. « Pensez autrement. » Jean-Jean parcourut la liste des noms que lui tendait Ramirez. La liste des employés renvoyés des laboratoires de recherche « in vivo » depuis les cinq dernières années. Bon, il allait falloir vérifier les noms, les adresses, etc., la routine. Mais Jean-Jean sentait que ça brûlait.

— Je brûle, Mélanie, je brûle !

— Oh ! Capitaine, tout de même !

Le petit homme était énervé. Il avait faim. Une faim dévorante. Il tournait en rond dans son salon jonché de canettes vides. Il fallait qu'il bouge. Il prit ses clés posées sur la table. Sortit. La nuit était chaude. Poisseuse. Il gagna le quartier du port.

Des bocks de bière brisés devant un bar. De la house qui s'échappait à flots tonitruants d'une décapotable. Visages luisants de transpiration et de maquillage. Allemands hilares. Motards énervés au bord de l'altercation.

Petits romanichels, les bras chargés de roses, qui répétaient leur boniment d'une voix monocorde. Un type braillait du folk, d'une voix de fausset, couvert par le saxophoniste qui jouait devant le bar d'à côté. Vrombissements de mobylettes. Interpellations. Coups de sifflets. Un enfant pleurait.

Le petit homme enregistrait tout, en marchant tranquillement. Brusquement, il ralentit. Intéressant, ça... Un petit vieux, bossu, quasiment nain, titubait au milieu de la rue en chantant à tue-tête un air d'opéra. Le regard du petit homme alla du bossu à une sculpturale blonde en mini-jupe rouge, attablée devant un cocktail. Quasimodo et Esmeralda fondus en une seule créature, le rêve de tout sculpteur !

Le bossu s'était arrêté pour allumer une cigarette avec un de ces briquets ornés d'une fille à poil qui dit « I Love You ». Pour connaître l'amour, la fusion totale, il allait la connaître, ricana le petit homme en tripotant machinalement sa médaille de saint Christophe.

Le vieux rangea péniblement le briquet dans sa poche avec ses mains qui tremblaient et s'éloigna, une enjambée à droite, une enjambée à gauche, comme un patineur bossu dérivant sur l'asphalte avant de s'engouffrer dans le bar de la Marine, un boui-boui enfumé au bout du port.

Le petit homme, satisfait, tira encore une bouffée de sa cigarette, puis la jeta et se dirigea vers la grande blonde. Elle sirotait un énième café en pianotant sur le guéridon en plastique jaune de ses longs doigts vernis. Le petit homme se planta debout à côté d'elle. La blonde leva les yeux vers cet avorton, soufflant entre ses lèvres boudeuses d'un air exaspéré. Elle avait des pommettes dures, une bouche rouge vif, des cernes bleus sous les yeux, des dents carrées bien plantées dans une large mâchoire.

Le petit homme sortit son portefeuille et compta d'un air distrait une liasse de billets sans regarder la fille. Aussitôt, elle éteignit sa cigarette et se leva. Il se mit à marcher vers le long du quai. Elle le suivait sans cesser de grommeler à voix basse. Sa mini-jupe rouge ondulait comme un voilier secoué par la houle. C'est ma journée poétique, pensa le petit homme en rigolant.

Derrière le port, au bout de la digue, il y avait un parking. Un grand parking. Presque vide. Les gens l'utilisaient la journée, pour aller à la plage. La nuit, c'était un lieu de rendez-vous pour gays en goguette, couples cherchant couples ou amateurs d'insolite... Personne ne venait voir de trop près ce que vous faisiez à l'abri des palmiers. Au bout du parking, et de la digue, il y avait le phare. Brèves trouées de lumière jetées sur l'eau calme.

La blonde écoutait ses propres talons résonner sur le ciment. Il l'emmenait à la pêche ou quoi ? Enfin, après celui-là, elle rentrait, fini pour ce soir. Demain, Lola lui amènerait le gamin, ils iraient au cinéma. Elle lui avait acheté des rollers. Mille balles ! Les trois pipes d'hier soir.

Il se retourna pour l'attendre. Perdue dans ses pensées, elle se cogna à lui. Dommage pour elle.

En effet, il n'eut qu'à relever légèrement le bras pour lui enfoncer son couteau dans le ventre, de dix bons centimètres. De son autre bras, il la plaquait contre lui. De loin, on aurait dit deux amoureux qui s'enlaçaient.

La blonde le dévisagea, surprise. Elle ouvrit la bouche pour crier, mais ce fut un jet de sang épais qui jaillit de ses lèvres, éclaboussant ses lèvres à lui goulûment entrouvertes. Le petit homme tordit la lame dans son ventre souple et remonta vers le sternum, déchiquetant tout ce qui se trouvait sur son passage.

Les yeux clairs de la blonde le fixèrent avec rancœur et désespoir, ses paupières battaient à toute allure, le sang coulait de sa bouche ouverte par saccades, mêlé de bulles. Il plongea son regard dans le sien et la regarda mourir, rivée à lui.

C'était la première fois qu'il tuait une proie consciente en la regardant dans les yeux. Une expérience nouvelle dont il sut immédiatement qu'elle était une révélation. Il voyait les émotions les plus primaires – terreur, douleur, haine, incrédulité... – se succéder dans ces prunelles dardées sur son visage. Puis brusquement l'iris se figea. Il eut envie de crier « Ohé, y a quelqu'un ? » mais il savait qu'il n'y avait plus personne. C'était fantastique !

Devenue toute molle, la blonde glissa lentement vers le sol, retenue par les bras musclés du petit homme. La soutenant par la taille, il l'entraîna jusqu'aux rochers de la digue, blocs de pierre jetés pêle-mêle contre la mer. Là, il l'allongea dans un creux, à l'abri des regards.

Deux jeunes types passèrent sans le voir, ils remontèrent vers le parking en riant, se tenant par la main. Le plus jeune, un grand frisé, s'arrêta pour pisser, juste au-dessus du petit homme et de la blonde, enfoncés sous les rochers. Le flot d'urine dégoutta le long de la pierre et se perdit dans les cheveux de la blonde. Les deux types s'éloignèrent. Le petit homme tassa la fille dans une anfractuosité profonde, puis alla se laver dans la mer.

La mer était douce, tiède, caressante. Il y plongea voluptueusement son corps nu. Une mouette passa au-dessus de sa tête, scintillante sous les étoiles. Il aimait bien les mouettes. Il lui fit salut de la main. Avec sa mère, ils allaient souvent regarder les mouettes le dimanche, leur lancer du pain sec.

Il rinça le couteau qui brillait dans l'eau noire. Sa maman, elle s'appelait Jacinthe. Douce comme une fleur. Blonde comme les blés. Elle riait toujours. Il se rappelait son rire clair, un rire de gorge qui résonnait dans le salon, mêlé au rire tonitruant de Pierrot, leur plus proche voisin. Une sacrée caisse, le Pierrot, au moins deux mètres de haut et un mètre de large. Il n'avait pas aimé l'idée que Pierrot devienne son nouveau papa. Il n'aimait pas les papas. Il n'aimait que sa maman.

Des éclats de voix derrière lui l'arrachèrent à ses souvenirs. Il sortit de l'eau, se sécha sommairement avec son slip roulé en boule, se rhabilla avant de se glisser avec précaution jusqu'au parking. Fausse alerte, c'était juste des gosses à mobylette.

Le petit homme consulta sa montre. Il était temps de se rendre à son second rendez-vous. Il rejoignit la camionnette qu'il avait intelligemment garée sur le parking, en sortit deux immenses sacs poubelles noirs et retourna s'affairer dans les rochers. Et hop, emballé, c'est pesé !

Le bossu, accoudé au zinc, picolait sombrement. Le barman l'interpella :

– Oh ! Henri, sors ta monnaie, je ferme, moi ! c'est l'heure !

– ...'tends encore un peu...

– Ouais, c'est ça. Je vais pas rester là toute la nuit. Tu payes ou tu payes pas ?

110

– Demain... je viens... demain...

– C'est sûr ! Je te préviens, t'as intérêt à revenir payer demain, ou je te fais une tête comme ça !

Le barman écarta les mains puis les rapprocha comme s'il voulait écraser quelque chose d'extrêmement nuisible. Henri haussa les épaules, se propulsa entre les tables, envoyant valdinguer une chaise, atteignit enfin péniblement la porte vitrée qu'il percuta pesamment, tête la première.

– T'as pas honte ? Tu tiens même plus debout ! Si tu me casses la porte, je te casse les reins !

– Va te faire mettre... marmonna Henri entre ses dents cariées.

Il visa soigneusement, la tête inclinée, un œil clos, calcula sa trajectoire et fonça. Il passa la porte comme une fusée, émergeant en trombe sur le port désert. Une voiture l'évita en klaxonnant furieusement.

Quelqu'un l'appelait :

– Hé, hé, viens voir par ici !

Henri pivota sur lui-même, se rattrapa in extremis à une barrière métallique. Il entendait des voix, maintenant ?!

– Viens, j'te dis, j'ai à boire !

Mais quelle aimable voix ! S'il pouvait en entendre plus souvent !

Le barman tira le rideau de fer, tapa sur l'épaule d'Henri qui titubait, « Allez, salut, à demain ! » et disparut.

Henri resta seul sur le port, avec son destin, lequel destin brandissait aimablement un gros litron de rouge, là-bas, près d'une camionnette bleue.

Henri traversa comme s'il dansait un tango et, tant

bien que mal, arriva à la camionnette. Au revoir, Henri !
Ahn non, pardon : adieu...

Le petit homme déposa ses paquets sur la table. Il était crevé. Il avait d'abord trimballé la blonde, puis le bossu. Avec tout le fouillis qu'il y avait dans son bout de jardin (les briques, les bâches, les morceaux de bagnole, le bois), quelques sacs en plus ou en moins, personne n'y ferait attention. Il déballa ses colis avec soin. Allongea la blonde sur la table. Vraiment pas mal, la gonzesse...

Il lui ôta son débardeur blanc couvert de    g, découvrant sa chair déchiquetée. Une jolie poitrine mais trop menue. Puis il s'attaqua à la mini-jupe en cuir rouge avec un sourire gourmand qui s'effaça vite. Décidément, cette blonde était pleine d'imprévus : non seulement elle ne portait pas de culotte, mais en plus c'était un mec ! Furieux, le petit homme la gifla à la volée.

Avec le bossu, au moins, pas de surprise. Le petit homme retira le tournevis qu'il lui avait planté dans l'oreille gauche, essuya les morceaux de cervelle dans un chiffon, sortit son nécessaire à couture. Et allez, au travail ! Encore une nuit sans dormir. Une bonne nuit comme il les aimait.

Madeleine se retourna pesamment, essaya de coller ses pieds froids (été comme hiver) contre les mollets brûlants de Marcel qui s'écarta vivement, écœuré.

– Ce que tu peux être méchant ! soupira Madeleine en lui pinçant le gras du bras.

Marcel ne répondit pas, il faisait semblant de dormir.

Nadja ne dormait pas. Elle était allée au cinéma avec deux amies, il était tard et elle marchait vite.

Nadja marchait vite. Elle marchait toujours vite. Une vieille habitude, du temps de son mariage, quand elle avait toujours peur de se faire accoster par des inconnus trop entreprenants. Son mariage. Un temps lointain, un temps révolu. Parfois, elle ne se souvenait plus vraiment des traits de Moussa, son mari. Ils avaient fait partie des deux cent mille réfugiés touaregs qui avaient fui le Mali entre 1993 et 1994. Direction l'Algérie, puis la France, presque aussitôt, par une filière connue des rebelles.

Bientôt trois ans que Moussa était tombé de l'échafaudage, sur le chantier. Après, il y avait eu le chaos, le manque d'argent, la peur tous les jours qu'on la foute dans un avion avec Momo, direction l'intégrisme. Elle ne retournerait jamais dans le silence du désert, jamais. Elle préférait le fracas de la cité, la vie facile et moderne. Plutôt crever que revenir près du maigre troupeau et arpenter les dunes. Elle n'avait pas crevé, sinon à petits feux, en louant un morceau de son corps. Pas de son esprit. Le jour où elle avait obtenu ses papiers, grâce à l'aide d'une association de militants, elle avait craché au visage de Karim.

Son beau-père n'était pas vraiment un progressiste, mais c'était un homme bon. Moussa... il avait été gentil, mais ce n'était pas la passion. Il ne comprenait pas que Nadja passe des heures à apprendre à lire avec la vieille institutrice du cinquième. Il ne comprenait pas que Nadja s'imaginait déjà tout en haut d'un building, vêtue d'un tailleur « Working Girl », un attaché-case à la main. En fait, se dit Nadja, ils ne s'étaient jamais compris.

# CHAPITRE 8

Sept heures du matin à peine et la chaleur était déjà lourde.

L'inspecteur Jean-Jean réchauffait du café fait la veille en grignotant une cuisse de poulet. Évidemment, son seul jour de congé, le seul jour où il pouvait dormir, il fallait qu'un débile le réveille à six heures et demie en faisant un faux numéro ! Et impossible de se rendormir. Trop chaud. Trop de bruit dans la rue. Le café déborda en sifflant. Jean-Jean nettoya la plaque en râlant. Ne se souvint plus s'il avait déjà mis un sucre. Mit un sucre. Goûta. Trop sucré. Il vida la tasse dans l'évier.

Le téléphone sonna encore. Bon Dieu, si c'était le même demeuré, ça allait être sa fête ! Jean-Jean décrocha, déjà furieux :

— Allô !

— Bonjour, capitaine... susurra une voix étouffée.

— Qui est à l'appareil ?

— Dites-moi, vous préférez le blanc ou la cuisse ?

Est-ce que ce cinglé parlait de son bout de poulet ?

— C'est pour un jeu ?

— Allez voir sur la place Jean-Jaurès. Il y a une surprise pour vous.

Brusquement, Jean-Jean fut attentif.

– Quel genre de surprise ?

– Une surprise... surprenante...

La voix était feutrée, insinuante, caressante, nettement hostile. Jean-Jean pensa à la langue sifflante d'un
serpent. Les images incongrues du dessin animé *Le
Livre de la Jungle* se présentèrent à son esprit. Jean-Jean
les chassa et se concentra de toutes ses forces sur la
respiration haletante à l'autre bout du fil.

– C'est vous qui avez déposé un cadeau dans ma
voiture ?

Petit rire de serpent à sonnette au bout du fil.

– Ça vous a fait plaisir ?

– Vous allez encore me faire beaucoup de cadeaux ?

– Tout plein, capitaine, tout plein ! Maintenant il faut
que je vous quitte : je n'ai pas encore déjeuné. J'ai plein
de bonnes choses dans mon frigo. Je vous inviterai
peut-être un de ces jours... Au revoir !

– Hé, attendez !

L'autre avait raccroché. Jean-Jean réfléchissait en
enfilant une paire de jeans propre. Personne n'avait son
numéro personnel. Interdiction de le communiquer. Si
quelqu'un voulait le joindre, le commissariat l'appelait
d'abord pour lui demander si on pouvait donner le
numéro. Alors ? Comment avait-il fait ?

Place Jean-Jaurès : le poste habituel de Marcel. Mais
ce matin Marcel était de repos. Quand Jean-Jean arriva,
le fourgon était déjà là, garé dans un coin. Jean-Jean
leur avait dit d'attendre avant de faire quoi que ce soit.
Ils avaient attendu.

Comme il était tôt, il n'y avait presque personne. La
ville avait cette odeur de frais, de propre, de neuf, qui

donne l'impression que des choses sont encore possibles, que l'imprévu peut arriver.

À la terrasse du café, une bande de jeunes, silencieux, les yeux creux après une longue nuit blanche et enfumée, engouffrait café et croissants, avec voracité. Une famille déjeunait, ses valises posées aux pieds du père dont la tête s'ornait d'une casquette de capitaine. Distribution de claques. Pleurs. Deux tapineuses, le maquillage en berne, le cheveu défait, lisaient le journal côte à côte, d'un air accablé. Un balayeur qui balayait. Une vieille dame à vélo, une baguette de pain coincée sous le bras. Un camion d'épicerie garé au milieu de la rue. Le soleil encore supportable du matin. Le calme...

Il balaya de nouveau la place du regard.

Sur le banc, près de la fontaine, un vieux, assis. Un sac de couchage grisâtre le recouvrait jusqu'au menton. Sa tête inclinée sur l'épaule, il dormait. Jean-Jean l'observa un moment. Pas le moindre mouvement. Quelque chose lui tordit l'estomac. Une intuition. Désagréable. Peut-être que c'était simplement une cloche qui dormait, mais...

Il avança de son pas chaloupé. Se pencha sur l'homme immobile. Pas besoin de lui taper sur l'épaule. La rigidité bleutée des lèvres, le blanc des yeux révulsés le renseignaient suffisamment. Il fit un signe discret aux trois agents qui s'approchèrent, l'entourèrent, histoire de cacher le spectacle aux passants qui se décrochaient les yeux pour mieux voir : vérification d'identité ? Arrestation d'un terroriste ? Brutalités policière ? Pas le droit de s'asseoir trois secondes sur un banc ? « Bien raison, avec tous ces voyous qui traînent, toujours

117

ivres ! » fut le commentaire du pseudo-capitaine à sa famille avachie.

Jean-Jean rabattit le sac de couchage usé. L'un des agents, un tout jeune, eut un haut-le-cœur. Pris de court, il vomit dans son képi. Ses collègues le toisèrent sévèrement. Il s'excusa, par gestes : c'était son premier cadavre.

La tête du vieil Henri surmontait le buste du travesti blond. C'était étrange, cette tête de vieux rapace sur ce buste aux formes recouvertes de dentelle rouge. Les bras d'Henri, décharnés, reposaient sur la mini-jupe de cuir rouge. Entre ses mains, couvertes de taches brunes, il y avait une tête. Une tête qui se présentait de dos, cheveux blonds épais dans lesquels les doigts raides d'Henri étaient enfoncés, crochés sous la nuque. Le visage de la tête blonde était à demi enfoui sous la mini-jupe. Jean-Jean releva celle-ci un peu plus haut. Le jeune agent gémit et tourna de l'œil, à la grande stupéfaction de la population.

Il faut dire que le petit homme avait fait du travail d'artiste. Un sexe, dénudé, était enfoncé entre les lèvres rigides de la blonde, morne accouplement de chairs mortes.

Secoué, Jean-Jean resta un instant silencieux avant de hausser les épaules et de faire appeler une ambulance. Il attendit, en fixant « le » cadavre (s), morose. Et d'abord, pourquoi ce cinglé s'en prenait-il à lui, Jean-Jean ?

La sirène de l'ambulance retentit, assourdissante. Vraiment utile de mettre la sirène pour un macchabée ! Ces mecs n'avaient rien dans la tête. Et les morts non plus.

Petit à petit, la ville s'éveillait. La place se remplit de monde. Chacun vaquait à ses occupations, dans l'affairement du matin. Jean-Mi prit son service, mal réveillé, grognon. Jacky affrontait un car de cinquante Italiens déchaînés qui essayaient désespérément d'entrer tous en même temps dans sa minuscule boutique. Paulo et Ben, debout devant le garage, discutèrent un moment, les yeux rivés sur les flics, avant que le petit homme remonte le rideau de fer. Une nouvelle journée commençait tandis que la blonde et le bossu prenaient la direction de leur palais : la morgue.

Jean-Jean regarda l'ambulance s'éloigner, chargée de son macabre fardeau. Il aurait bien bu un café, assis tranquille à une terrasse. Il hésita, puis son sens du devoir reprit le dessus : direction le commissariat. En démarrant, il aperçut Marcel Blanc, un matelas pneumatique sous le bras, deux gosses sur les talons : une gamine de trois, quatre ans et un môme d'une dizaine d'années. Jean-Jean klaxonna, l'appela par la vitre ouverte. Marcel s'approcha, surpris.

– Bonjour, chef. Qu'est-ce qu'il se passe ?

– Vous êtes de repos aujourd'hui ?

– Ce matin. J'emmène les gosses à la plage.

– Papa, c'est lui, *l'inpescteur* Jean-Jean ?

– Tais-toi, Sylvie...

– Y a eu encore un meurtre, lâcha Jean-Jean du bout des lèvres. Là, sur le banc.

– On a tué quelqu'un sur le banc ?

– On a trouvé le corps sur le banc. Je devrais dire les corps... un vieux et une blonde, cousus ensemble.

– Ça veut dire quoi « cousus ensemble », Papa ?

– Rien, ma chérie, rien du tout.

– Ce qu't'es bête, ma pauvre fille ! grinça son frère.

119

– Quand vous prendrez votre service, cet après-midi, passez me voir, reprit Jean-Jean, les yeux fixés sur le matelas pneumatique orné de dauphins bondissants.

– Compris. Avec votre permission, j'y vais parce que...

Les gosses le tiraient par la main avec impatience. Jean-Jean hocha la tête, compréhensif. Il connaissait le cauchemar du père chargé de s'occuper des gosses.

Arrivé sur la plage, Marcel repéra Caro, la femme de Jacky. Il s'installa à côté d'elle, en serrant bien on arrivait à caser leurs trois serviettes, suffisait de pousser un peu les chaussures des voisins. Caro chambra gentiment Marcel qui avait le visage beaucoup plus bronzé que le corps.

– Ouah, le beauf ! on dirait un ch'timi !

– J'ai pas beaucoup le temps d'aller me baigner, en ce moment. Avec cette affaire...

– Et alors ? Toujours rien ?

– Rien. Je te le dis confidentiellement, mais y a encore eu un meurtre ce matin.

Leur voisin de droite, intéressé, baissa le son de son transistor.

– Encore ! Mais c'est de la folie ! s'exclama Caro avec dégoût.

– Comme tu dis...

Marcel enfouit ses orteils dans le sable brûlant. Caro le considéra gravement.

– Enfin, Marcel, ce type, y t'en veut ou quoi ?

– Je me le demande, répondit Marcel, sombrement.

Des adolescents qui jouaient au ballon les aspergèrent copieusement de sable et traversèrent la plage dans un sillon d'injures et d'objets écrasés. Malgré lui, Marcel les imagina livrés aux doigts habiles du Couturier de la Mort. Puis chassa rapidement ces pensées indignes de son uniforme. Au fait, est-ce que Madeleine avait pensé à le repasser, son uniforme ?

Jean-Jean se prit la tête à deux mains et la secoua, comme s'il pouvait en faire jaillir la solution. Sans autre résultat qu'une migraine et un curieux bruit de crécelle. Abandonnant l'approche magique, il relut la liste des labos dressée par Ramirez. Comment savoir lequel était le bon ? Aucun n'avouerait jamais faire du trafic illicite d'animaux. Et si... Jean-Jean décrocha son téléphone.

– Costello ? Je veux savoir si Martin a bossé dans un labo... Ouais. Le plus vite possible.

Il raccrocha et reprit le dossier pour récapituler toute l'affaire encore une fois. Les détails routiniers de l'enquête. Aucun témoin en vue. Aucun mobile. Aucun élément susceptible d'identifier le meurtrier dont on savait simplement qu'il était blanc, fort, adroit, capable d'éjaculer, et qu'il possédait très certainement un grand congélateur, ce qui était le cas d'au moins 30 % des mâles de la ville. Et qu'il en voulait tout particulièrement à Jean-Jean. Dont il avait le numéro personnel, pourtant sur liste rouge. Comment ?

Et comment le meurtrier avait-il su que Costello allait interroger Martin ?

Il soupira, essaya une approche différente, à partir des victimes. Mais là encore, rien d'ordonné. Herblain avait certifié que la tête blonde qui faisait une ultime fellation au bossu était celle d'un homme. Était-ce le meurtrier qui l'avait maquillée en femme ? Ou s'agissait-il d'un des nombreux travestis opérant près du port ? Il avait fait passer la photo de la tête à Rudy la Fouine pour une éventuelle identification.

Une caissière blonde, un barbu, un vieillard camé, un obèse, une gamine, un chien, un travesti blond, un vieux bossu. Est-ce que ça avait un sens, comme dans ces tests où il faut deviner le suivant d'une série de nombres ? Est-ce que c'étaient des victimes symboliques ? Censées représenter quelque chose pour le meurtrier ou pour la société ?

Si on considérait que le travesti avait l'apparence d'une femme, on pouvait dire qu'il y avait deux blondes, deux vieux, et des spécimens sans lien.

Homme, femme, il y avait toujours un mélange homme-femme. Le meurtrier appartenait au milieu des drag queens ou s'agissait-il d'un complet refoulé ?

Déjà six heures ! Ce soir, il y avait entraînement. Jean-Jean se leva. Taper sur quelque chose lui ferait du bien.

Après deux heures passées à transpirer, Jean-Jean se sentait mieux. Il observait Blanc, du coin de l'œil, qui plaisantait avec ses copains, toute cette bande de la place Jean-Jaurès.

Les deux types du garage étaient là aussi, le petit et le grand. Jean-Jean ne pouvait pas les blairer, il les tenait pour personnellement responsables des pannes qui survenaient à sa Laguna adorée. Ils devaient certainement parler des meurtres parce que Blanc chuchotait en lui jetant des coups d'œil furtifs. Ce mongol ferait mieux de faire gaffe, c'était pas le moment de chatouiller ses supérieurs.

En sortant de l'entraînement, le petit homme avait une faim de loup. Il déclina une invitation à dîner avec Jean-Mi et Elsa et se précipita chez lui où il se servit une grande assiette de viande fraîche. Il soignait son régime comme un sportif de haut niveau. Ingérer la chair des proies le régénérait. La viande était goûteuse, mais il faudrait qu'il pense à affûter les couteaux. Les bêtes qui couraient peu avaient tendance à rassir.

Rassasié, il s'endormit sur son canapé en regardant la finale de volley-ball. Dommage : pour une fois que la France gagnait, il ne le vit pas.

# CHAPITRE 9

Marcel klaxonna deux fois. La fenêtre s'ouvrit. Nadja apparut. Elle agita la main.

– On descend tout de suite !

Quand Marcel avait téléphoné, la veille, il ne pensait pas qu'elle accepterait et il avait été le premier surpris qu'elle dise « oui » sans plus de façons. Il s'était demandé avec douleur si elle le considérait comme un client potentiel, puis avait décidé que non. Elle était totalement naturelle avec lui. Aucun effort particulier d'amabilité, se dit-il en souriant dans sa moustache.

Cinq minutes après, elle surgissait, tirant Momo par la main, chargée d'un énorme panier et d'une couverture. Marcel se pencha, ouvrit la portière. La voix aigre de Madeleine résonna dans sa tête : « Tu pourrais être galant, des fois, tu vois pas que je suis chargée, non ?! » Il se leva, fit le tour du véhicule, ouvrit le coffre pour ranger le panier et la couverture.

– Qu'est-ce qu'il y a là-dedans ? Oh là là, vous avez déménagé toute votre argenterie ! se moqua-t-il.

– Elle est sale, ta bagnole, monsieur le flic, elle est toute pleine de bosses, intervint Momo.

– C'est un copain qui me l'a prêtée, répondit aima-

125

blement Marcel, décidé à passer une bonne journée. T'es installé, Momo ?

– Ouais, ouais...

Momo, à l'arrière, avait trouvé une boîte de boulons rangés par taille et diamètre et s'amusait à les mélanger.

Nadja jeta un bref coup d'œil vers la fenêtre de son appartement. Marcel ne dit rien, mit le contact et s'éloigna rapidement avant qu'elle ne change d'avis.

Il se sentait mal à l'aise. Dans la peau d'un dégueulasse sur le chemin bordé d'épines de l'adultère. Un joyeux dégueulasse qui avait envie de chanter. Il repensa à un film que Madeleine l'avait obligé à regarder au Cinéma de Minuit : *Le Portrait de Dorian Gray*, et à une phrase du film : « Je suis le Ciel et l'Enfer. » Eh bien lui, Marcel Blanc, à cette heure, il était le Ciel et l'Enfer, et la foudre et le soleil, les nuages et la pluie et tout ce qu'on voudrait, du moment qu'on lui foutait la paix.

La route serpentait dans les collines déboisées comme une cicatrice sur la joue rugueuse d'un Afrikaner et Marcel se sentait l'âme d'un explorateur. Aujourd'hui, il ne penserait ni aux meurtres, ni à Jean-Jean, ni à Madeleine, il ne penserait qu'à lui et à Nadja.

Ils avaient trouvé un coin sympa pour déjeuner, pas trop de capotes et de canettes de bière abandonnées, et ils s'étaient installés tranquillement. Marcel avait ouvert le panier, disposé les victuailles :

– Fallait pas en faire autant, vous avez dû travailler toute la nuit !

– Je pensais que vous auriez faim. J'aime bien faire la cuisine.

Une perle, c'était une perle, une sainte, une oasis ! Marcel torcha gaiement ses deux assiettes de couscous, vida la bouteille de vin du Maroc, avala consciencieu-sement les gâteaux un peu plâtreux, sans presque parler. Ils étaient bien, calmes. Des mois que Marcel ne s'était pas senti aussi calme. En paix. Protégé. Nadja parlait peu. Ennui ? Réserve ? Elle ne semblait pas s'ennuyer. Elle souriait. Il semblait à Marcel qu'il était transporté dans un de ces tableaux qu'il aimait bien : guinguettes au bord de l'eau, parties de canotage, bals populaires...

Momo jouait au ballon, shootant contre un arbre. Marcel posa sa main sur l'herbe. Le chant des cigales, assourdissant, donnait l'illusion d'être assis sur un ani-mal, à la fourrure jaune et rêche, au souffle paisible. Marcel se sentait vivant. Il sourit à Nadja et posa sa main sur son poignet, avec naturel. Elle ne retira pas son bras. Elle ne baissa pas les yeux.

– Vous êtes marié, n'est-ce pas ?

– Oui, j'ai deux enfants, un garçon, Frank, et une fille, Sylvie.

– Vous n'aimez plus votre femme ?

– Non, répondit posément Marcel. Nous sommes en train de divorcer. Elle a du mal à l'accepter, mais c'est mieux comme ça.

Nadja se pencha vers lui.

– Il ne faut pas quitter votre femme.

Marcel se pencha vers elle et l'embrassa. Momo, occupé à détruire un nid de fourmis, ne les regardait pas.

Le petit homme tapa du pied, les yeux rivés à ses jumelles de chasse.

– Ben, y s'emmerde pas, le Marcel, tu parles d'un salaud, oui ! Elle va être contente, Madeleine, d'appren-dre ça...

Adossé à la carrosserie noire du 4x4 qu'il avait

emprunté au garage, il vida une boîte de bière tiède et l'écrasa ensuite dans son poing fermé.

Il rigolerait moins, Marcel, quand il la trouverait débitée en tranches, sa pétasse, et le gamin y serait pas mal arrangé non plus, on pouvait lui faire confiance.

Dans sa haine en perpétuelle expansion, le petit homme souhaita un instant tailler dans les chairs de tous ses amis, de tous ces gens qui s'occupaient de lui, lui souriaient, lui tapaient dans le dos familièrement. Leur gentillesse, il la leur ferait rentrer dans la gorge. À coups de marteau.

*Je sais que mon apparence est trompeuse. Que ma petite taille les pousse à la condescendance. Mais ils ignorent combien je suis fort. Puissance des muscles, puissance de l'esprit, entraînement sans faille, rapidité, action. Vos sourires comme des gifles. Si Maman était là, elle laisserait personne se moquer de moi. Jamais.*

Il eut un bref frisson en repensant à sa mère. Il secoua la tête et reprit ses jumelles. Ils rangeaient les restes du pique-nique. Momo tournait autour d'eux en riant. Nadja recoiffait ses longues boucles brunes. Marcel se moucha. Fallait être ringard comme ce pauvre Marcel pour s'attraper un rhume en plein mois d'août. Le bruit strident des cigales lui cassait les oreilles. Il rêva un bref instant d'une giclée de napalm embrasant les oliviers. Remonta dans le 4x4 et se tint prêt à démarrer.

– Allez, Momo, on y va...

– Ouais, j'arrive... pourquoi t'as la même moche voiture ?

– La même moche voiture que qui ?

– Que celle du loup...

– Qu'est-ce que tu dis, Momo ?

– Je dis : pourquoi t'as la même moche voiture, pourquoi tu veux épouser ma mère ?

– Momo, ça suffit !

Nadja lui décocha une gifle qu'il évita habilement. Marcel fit un geste d'apaisement.

– J'ai la même voiture que lui ?

– Ouais. Et pourquoi t'as une moustache comme Astérisque ?

– Astérisque ?

– Il veut dire Astérix. Momo, tu vas prendre une raclée...

– J'm'en fous, je dirai à Pépé que t'as embrassé le flic...

– Momo !

Nadja lui lança une autre taloche, le manqua. Marcel démarra. Enfin une indication tangible. Quoi qu'en pense Jean-Jean, il sentait, lui, que les deux affaires étaient liées. Il fallait qu'il arrive à le convaincre.

Le petit homme se mit en route, les suivant à trois cents mètres environ, le visage protégé par le pare-brise teinté et par ses lunettes de soleil miroitantes. La colère le rongeait comme un acide. Il avait dans la bouche le goût métallique du sang. Arrivé en ville, il bifurqua pour rentrer chez lui.

Après avoir déposé Nadja et Momo, Marcel conduisit en sifflotant jusque chez le petit homme pour lui rendre la camionnette. Ensuite direction le commissariat, voir si Jean-Jean était là. Madeleine et les gosses ne rentreraient pas avant neuf ou dix heures du soir : il avait le temps. Il fallait qu'il le mette au courant, pour le véhicule du suspect.

Le petit homme ouvrit presque aussitôt. Il transpirait lui aussi.

— Entre, Marcel, tu veux une bière ?

— Je veux bien, je crève de soif.

— Alors cette promenade, c'était bien ?

— Tranquille... Et toi, qu'est-ce que t'as fait ?

— La sieste !

Le petit homme lui lança une boîte de bière bien frappée que Marcel attrapa au vol. Ils burent sans rien dire. Il faisait bon, dans la pièce, avec les volets clos. La télé ronronnait en sourdine. Marcel finit sa bière, s'essuya la bouche.

— Bon, je vais y aller...

— T'en veux une autre ?

— Pas le temps : je veux passer au commissariat...

— Tu bosses ?

— Non, c'est pour cette histoire de meurtres, faut que je voie Jeanneaux.

— Y a du nouveau ?

— Je peux rien dire, excuse-moi, tu comprends...

— Ouais ouais, c'est normal. Bon alors à demain.

— À demain ! Et merci !

— De rien, entre mecs faut bien s'entraider, non ?

La porte s'était refermée sur le large sourire du petit homme.

« Entre mecs faut bien s'entraider. » La remarque trottait dans la tête de Marcel. Il aurait bien voulu lui rendre service à son tour, mais depuis qu'il le connaissait, il n'avait jamais vu l'autre avec une fille. À croire qu'il avait un problème. Faut dire qu'avec ses lunettes noires et sa gueule en lame de couteau, y faisait pas très engageant. Quelle drôle d'idée, d'ailleurs, de porter des lunettes noires en pleine journée, dans une pièce sombre... Marcel arriva au commissariat et salua le planton.

– Il est là, Jeanneaux ?

– Oh ! Marcellino ! Tu fais des heures sup', ou quoi ?
Oui, il est là.

À peine la porte refermée, le large sourire du petit
homme s'était effacé. Un nerf tressautait dans sa joue
et la sueur perlait à ses tempes. Il se rendit à la salle
de bains, entièrement tapissée de photos de filles à poil,
pour se passer un peu d'eau sur le visage. Son reflet
dans le miroir au-dessus du lavabo était livide. Il s'aperçut qu'il avait oublié d'ôter ses lunettes de soleil. Il
s'aimait bien comme ça, le visage barré par un éclat
métallique, comme un reflet sur la lame d'un couteau.

– Mon capitaine ?

– Entrez, Blanc.

– Je m'excuse de vous déranger, chef, il faut que je
vous parle...

– C'est ce que vous êtes en train de faire, non ?

Jean-Jean alluma une cigarette, l'air de méchante
humeur, s'assit sur le coin de son bureau.

– C'est à propos de ces meurtres. Et du petit gosse
dans la conduite...

– Le fils de votre... copine ? laissa tomber Jeanneaux,
moue méprisante.

– Copine ou pas, on a vraiment essayé de tuer le
gamin, rétorqua Marcel inébranlable, j'en suis sûr et je
suis sûr que c'était notre cinglé.

– J'admire vos certitudes, Blanc. Et pour le prochain
loto, qu'est-ce que je dois jouer ?

– Le gamin a identifié la marque de la voiture de son
agresseur. Une Express bleu marine.

131

Jean-Jean se leva en s'étirant, mal aux dorsaux, trop de tension.

– Écoutez Blanc, vous n'êtes pas chargé des homicides, mais de la circulation, d'accord ? Je vais m'occuper de votre Express mais si vous me faites perdre mon temps avec des conneries, je vous fais muter dans n'importe quel bled où il pleut au moins trois cents jours par an !

Marcel remercia, salua et sortit. La première chose qu'il ferait quand il serait lieutenant, ce serait de foutre sa main sur la gueule de Jean-Jean. Réconforté par cette pensée, il rentra chez lui tout guilleret. Madeleine l'attendait, le repas était prêt et les gosses en larmes.

# CHAPITRE 10

Jean-Jean n'avait presque pas fermé l'œil de la nuit, assailli par des visions de corps morcelés, défigurés, surgissant derrière lui à l'improviste. Il était excédé par l'obstination du tueur à sévir dans sa juridiction, plus encore que par l'immoralité de ses crimes. À l'instar des chasseurs de primes de l'Ouest qu'il admirait, Jean-Jean était un traqueur de criminels, un flic obstiné et opiniâtre, mais les motivations des hommes qu'il pourchassait n'étaient pas son intérêt primordial.

À peine arrivé, il avait convoqué Ramirez et Costello et leur avait assigné des tâches précises, plus pour s'occuper que par conviction, car pour l'instant sa conviction, c'était qu'il nageait dans la panade. La perspective de ne pas pouvoir partir en congés le galvanisa soudain :

– Ramirez, tu vas aux cartes grises, tu demandes au mec de l'ordinateur de te trouver tous les propriétaires d'Express bleu marine de plus de trois ans. Costello, tu t'es renseigné pour Martin ?

– Le sieur Martin n'a jamais travaillé dans un laboratoire. Avant d'être engagé à la fourrière, il était employé aux abattoirs.

– Décidément, il avait la vocation. Bon, tu me loges

les types de ta liste de labos qui se sont fait virer et qui habitent encore par ici. Regarde aussi avec les Impôts. Ensuite, vous m'apportez tout ça ici. Mélanie, vous allez me chercher un café, s'il vous plaît.

Marcel aussi avait mal dormi. Il s'était retourné dans tous les sens. Chaque fois que Madeleine respirait c'était comme si elle sifflait : « Ssssalaud, ssssalaud. » Il avait rêvé que des juges en noir arrachaient les épaulettes de sa chemise d'uniforme. Il s'était réveillé en sueur, blême et bouffi.

Tout en s'habillant, Marcel songeait à ce que lui avait raconté Ramirez, les histoires de labos, de vivisection, de cannibalisme.

Madeleine, quant à elle, avait passé une nuit atroce. Elle avait ressassé sans cesse la même image : Marcel et l'autre femme. Ce salaud ne se doutait pas qu'elle l'avait vu. Et tout ça à cause d'un concours de circonstances imprévisible.

Contrariée par son beau-frère, un prétentieux qui lui cherchait toujours des noises et qui prétendait que la vraie ratatouille nécessitait d'éplucher les courgettes, Madeleine était partie plus tôt que prévu de chez sa sœur.

En arrivant au péage sur l'autoroute, elle avait reconnu la vieille Express bleue et s'était faufilée vers elle, prête à klaxonner joyeusement. Quelque chose l'avait retenue, la taille du conducteur peut-être : il était trop grand. Et puis, soudain, il avait tourné la tête et elle avait reconnu Marcel ! Son cœur avait bondi dans sa poitrine. Marcel sur l'autoroute, et il n'était pas seul ! Une femme lui passait de la monnaie, il lui souriait. Dieu merci, les enfants, occupés à se flanquer des claques en hurlant, n'avaient rien vu. Ainsi c'était vrai, il la trompait ! Oh mais elle le coincerait, l'ordure, elle le prendrait sur le fait et lui enfoncerait le nez dans son caca !

Ce n'était qu'à l'aube qu'elle avait pu enfin s'assoupir.

Après avoir vaqué à ses tâches ménagères en pleurant copieusement, une fois les enfants partis au club de voile, Madeleine se retrouva seule. L'après-midi commençait, déjà interminable. Madeleine se fit du thé, elle avait lu que boire chaud était plus désaltérant en été. À peine son thé avalé, elle se mit à transpirer abondamment et se jeta sur la carafe d'eau glacée. Le temps reprit son cours, mortel. Brusquement, vers quatre heures, prise d'une soudaine crise de fureur alors qu'elle rangeait pour la troisième fois le placard à vaisselle, Madeleine décida d'aller voir Marcel et d'avoir une explication. Dans la rue, il ne pourrait pas refuser de répondre, il aurait trop peur du scandale.

Elle s'habilla avec soin : boléro rose à troutrous, jupe gitane assortie et sandales dorées à talons hauts. Fit bouffer ses cheveux teints en blond vénitien et se maquilla un peu plus que de coutume.

Le traître ! Rien que d'y penser, ça lui faisait tourner les sangs.

Madeleine sortit dans la canicule, se sentant femme et forte, ce qui était tout à fait justifié étant donné sa généreuse corpulence.

La place était vide : Marcel n'était pas à son poste ! Elle blêmit, fit le tour des rues adjacentes et revenait à la fontaine quand le petit homme sortit du garage.

– Oh, Madeleine ! ça va ?

– Je cherche Marcel, tu ne l'as pas vu ? s'enquit-elle d'un ton froid qui lui donnait presque l'accent pointu.

– Il est parti, il y a un quart d'heure...

– Où ?

– Je sais pas. En patrouille, sûrement. Qu'est-ce qu'il y a ? Ça ne va pas ?

– Et ton Express, elle va bien ? Allez, salut.

Et sans rien ajouter, Madeleine avait tourné les talons. Elle avait tout compris, pas la peine de lui faire un dessin : ce salopard lui prêtait sa voiture et certainement aussi son appartement ! Ah, fine mouche elle était, Madeleine ! Ils allaient voir ce qu'ils allaient voir ! En dix minutes, Madeleine arrivait devant la maison du petit homme, échevelée, suante et essoufflée. Ça montait sacrément. Quelle idée d'habiter en haut d'une colline dans un quartier qui semblait abandonné ! Elle, elle aimait les immeubles modernes, flambant neufs, bardés de verre et d'acier, dotés de tout le confort sanitaire.

Elle fit une pause pour observer l'adversaire. Les volets étaient clos. Rien ne filtrait de derrière les murs décrépis. Un sac poubelle dégueulait du plâtre sur les hortensias fanés. Le bonnet d'un nain de jardin dépassait d'un tas de gravats. Quelle décharge ce jardin ! On voyait bien qu'il vivait seul, confit dans sa crasse, comme tous les hommes sans femme pour s'occuper d'eux...

Elle posa la main sur la poignée du vieux portail, poussa doucement. Fermé. Adultères, mais prudents.

Madeleine fit lentement le tour de la petite maison, exhala un soupir de satisfaction : les volets de la fenêtre de la cuisine n'étaient pas rabattus. Elle poussa la vitre, mais sans succès.

Un camion-benne arrivait dans un bruit assourdissant. Madeleine prit une grande inspiration et comme le camion passait à sa hauteur, brinquebalant, elle fit tournoyer son sac à main et le balança de toutes ses forces contre la vitre. La vitre se brisa avec un bruit sec. Madeleine retint son souffle. Le camion venait de freiner au feu rouge, la dissimulant aux vieilles bicoques d'en face. Elle passa la main dans le trou ainsi pratiqué et tourna l'espagnolette. La fenêtre s'ouvrit, Madeleine enjamba sans peine le rebord. Le feu passait au vert. Le camion redémarrait. Elle se tint debout dans la cuisine, le cœur battant, mais rien ne bougeait. Pas un bruit. Madeleine avança lentement jusqu'au salon, sa lime à ongles à la main, prête à crever les yeux aux fornicateurs.

À peine Madeleine avait-elle tourné les talons que Jacky avait apostrophé le petit homme :

– Dis, c'était pas Madeleine avec qui tu causais ?

– Oui, elle cherchait Marcel.

– Tu lui as pas dit qu'il était au parking, à cause de cette bagarre ?

– J'en savais rien.

– Toi, le jour où tu feras attention à ce qui se passe autour de toi ! sourit Jacky.

Ta gueule, vermine ! songeait le petit homme tout en faisant un signe aimable de la main. Il réintégra le garage, frottant pensivement ses mains pleines de cambouis sur sa salopette.

Ainsi, Madeleine savait, pour la camionnette. Elle était sur les traces de Marcel. Et vu qu'il était pas là, elle avait peut-être même pensé qu'il profitait de ses

137

heures de service pour aller s'en jeter un derrière la braguette.

Il sourit, se représentant une Madeleine furieuse et échevelée parcourant la ville en chaleur à la recherche de son futur ex-mari en rut.

Son sourire se figea brusquement. Dans l'esprit de Madeleine, où est-ce que Marcel aurait bien pu aller pour consommer ? Pas à l'hôtel, ni chez la fille, ni chez lui. Et pas trop loin pour pas s'absenter trop longtemps. Il ne restait que l'appartement d'un copain complaisant...

Le petit homme sauta sur son vélomoteur.

– J'vais à la casse, j'reviens, j'ai besoin d'un delco.

– Ouais, ouais, magne-toi quand même...

– À tout de suite !


Madeleine avait parcouru toute la baraque. Une chambre sombre et qui sentait le renfermé, un salon aux meubles fanés, une salle de bains carrelée de blanc et de noir, un wc que personne n'avait dû détartrer depuis cinquante ans. La maison était sale, mais vide. Elle s'était trompée. Peut-être qu'elle avait tout imaginé, que Marcel ne la trompait pas ? Ou fallait-il dire « pas encore » ?

Elle revint dans la cuisine, contempla la vitre cassée. Bon, après tout, une vitre, c'était pas la mort. Son regard tomba sur l'immense congélateur. Presque aussi grand que ces machins dans lesquels on conserve les momies. Depuis le temps qu'elle en voulait un comme ça et que Marcel rechignait... Mais lui, un célibataire, qu'est-ce qu'il fichait avec un engin pareil ? Elle s'approcha pour mieux voir la marque, souleva machinalement le couvercle.

Madeleine n'entendit pas le vélomoteur s'arrêter devant le portail. Elle regardait fixement l'entassement de membres jetés en vrac, l'œil rond et hagard, et son esprit refusait énergiquement de comprendre la vraie signification de ce qu'elle voyait.

La voix claqua dans son dos comme une gifle.

– Alors, Mado, on visite ?

Elle sursauta et se retourna d'un bond, la bouche ouverte, abasourdie.

Le petit homme la regardait, ses yeux pâles cachés derrière ses lunettes noires, les lèvres retroussées sur ses dents pointues, les deux mains derrière le dos.

– La droite ou la gauche ? demanda-t-il suavement.

– Hein ? balbutia Madeleine, saisie d'une terrible envie d'uriner.

– La droite ! lui assura le petit homme en ramenant lentement devant lui sa main qui tenait un couperet brillant.

Dans un sursaut de panique, quasi animal, Madeleine voulut fuir par la fenêtre. Abattu à la volée, le couperet bien aiguisé lui sectionna la cheville. Madeleine essaya de hurler mais rien ne sortit de sa gorge bloquée. Elle retomba lourdement dans le congélateur béant. Le petit homme se pencha sur elle en souriant. Le sang giclait de la cheville coupée, éclaboussant son visage, et il se lécha les lèvres. Madeleine se sentit perdue, une haine incontrôlable, le désir éperdu de vivre réussirent à la soulever, elle se redressa comme un ressort et planta sa lime dans la gorge du petit homme, de toutes ses forces, mais rata l'artère.

Il poussa un grognement de bête blessée et, furieux, abattit le couperet, lui tranchant la gorge comme on fend une bûche. Il retira la lame de la plaie et frappa encore et encore le corps tressautant, la lime crochée dans la peau hérissée de son cou. Lorsqu'il s'arrêta enfin, hors d'haleine, ce qui avait été une femme pulpeuse n'était plus que de la pulpe de viande et d'os fracassés.

Il arracha d'un coup la lime plantée dans son cou, libérant un jet de sang, et courut à la salle de bains.

Quand Marcel rentra chez lui, fourbu, il trouva les gosses dans le salon, vautrés devant une vidéo porno qu'ils avaient réussi à attraper sur le haut de l'armoire. Distribution de taloches, cris, pleurs.

– Où est votre mère ? Bon Dieu, elle est cinglée ou quoi de vous laisser regarder ces cochonneries !

– Et toi, pourquoi tu les regardes, les femmes à poil ?

– Frank, ferme-là. C'est un copain qui nous a prêté ça. On les a jamais regardées. Madeleine ! appela-t-il à tue-tête.

– Elle est pas là ! grogna Frank.

– Où est-elle ?

– On sait pas ! On a même plus de Coca ! geignit Sylvie.

– On peut regarder les dessins animés ? demanda Frank.

– Oui ! Mais fermez-là, Papa est fatigué.

Aussitôt, ils entamèrent une bataille de coussins à peine moins bruyante qu'un duo de marteaux piqueurs. Tout en avalant une aspirine, Marcel se demanda brièvement quelle pouvait bien être l'utilité de perpétuer la race. Puis il poussa une gueulante et s'installa pour voir les dessins animés, Sylvie sur ses genoux, Frank blotti à ses pieds.

À neuf heures du soir, Madeleine n'était toujours pas

là. Marcel commençait à s'angoisser. La mère de Madeleine était morte depuis quinze ans. Et son père tirait son Alzheimer dans une maison de retraite. Il appela sa belle-sœur qui lui rétorqua que Madeleine avait toujours eu un grain, ce qui ne lui fut d'aucune utilité. Où pouvait-elle être ? Chez une copine du club de gym ? Une de ces monstrueuses copines qui prétendaient toujours régenter l'existence de Marcel avec force « conseils »... Bien qu'il lui en coûtât, Marcel téléphona à toutes les copines. Rien. Ou alors on lui mentait.

Il regarda dans la penderie. Tout y était. Elle n'avait même pas pris son vanity-case. Elle n'aurait pas un amant, quand même ?! Tellement occupée à la luxure qu'elle n'aurait pas vu passer l'heure ? Non, impossible, Madeleine était, hélas, une femme sérieuse, une mère modèle, un dictateur irréprochable. Marcel commença à s'inquiéter sérieusement. Il appela les copains : non, personne n'avait vu Madeleine, à part le petit homme. Elle l'avait cherché cet après-midi, lui expliqua-t-il.

Cherché ? Mais pourquoi ? Était-ce en rapport avec sa disparition ? Marcel se fit décrire les vêtements qu'elle portait, puis, après avoir couché les gosses en leur racontant que Madeleine était partie voir une amie malade à l'hôpital, il appela le commissariat. Il était presque minuit.

Aucune personne ne répondant au signalement de Madeleine n'avait été accidentée ou interpellée.

Marcel s'assit dans un fauteuil et alluma une cigarette. Qu'est-ce qui avait bien pu se passer ? Pas une seconde l'idée que Madeleine ait pu être victime du tueur ne l'effleura. Tout ce qu'il craignait, c'était qu'elle ait découvert son escapade avec Nadja. Elle ne manquerait pas de s'en servir contre lui pour obtenir une augmentation de sa pension alimentaire.

Au matin, il fallut bien se rendre à l'évidence : Madeleine avait disparu.

Lundi matin, huit heures trente. En finissant son troisième gobelet de café fadasse, Jean-Jean soupira longuement. Cet imbécile de Blanc avait même réussi à paumer sa femme ! Tout le commissariat en rigolait en douce. Jean-Jean avait mis le vieux Georges sur l'affaire : la routine. Vérifier qu'elle n'était pas planquée chez un « copain », vérifier les gares, les aéroports, etc. À part ça, il n'y avait plus qu'à attendre Costello, qui était parti rendre visite aux deux types virés de laboratoires, vétérinaires ou d'analyses, depuis moins de cinq ans, et qui possédaient un utilitaire Renault bleu.

Si le petit homme l'avait su, il aurait bien ri. Impossible de savoir qu'on l'avait viré : il bossait au noir. Tant qu'ils ne tomberaient pas sur le bon type à qui poser la bonne question, il ne risquait rien. Chaque fois qu'il pensait aux minables qui l'avaient jeté dehors, il devenait de mauvaise humeur. Le renvoyer comme un malpropre parce qu'il s'était laissé aller à sa passion du découpage. Des bestiaux condamnés à crever, de toutes façons ! Ah, aux abattoirs, ça c'était le bon temps ! C'était là qu'il avait rencontré ce pauvre Martin. Aux abattoirs, on le payait pour ça. Mais les abattoirs avaient fermé. Alors la faute à qui, hein, s'il en était réduit à ça ?!

Il bâilla, il avait mal dormi, les voix dans sa tête qui ne voulaient pas la fermer et qui parlaient toutes à la fois, celles des psys, insidieuses comme des cafards dans un évier sale, celle de Pierrot, aiguë à briser du verre quand la hache s'était abattue, celle de Maman, froide comme le vent d'hiver. Il s'était réveillé quand Maman avait commencé à cracher des crapauds.

Il ouvrit à la volée le couvercle du congélateur et contempla les restes de Madeleine. Qu'est-ce qu'il allait en faire, de celle-là ? Il en préleva une tranche, qu'il se mit à grignoter pensivement. *Puisque Marcel aime deux femmes, ça serait pas gentil de les réunir en une ? Un package spécial « Le harem de Marcel Blanc ».* Le petit homme cracha un débris d'os dans la poubelle, insensible à l'odeur fétide qui s'en dégageait. *Le problème, c'est que je ne peux pas garder Madeleine à la maison. Si jamais les flics font la tournée de toutes ses connaissances... je ne peux pas m'exposer à une fouille, même irrégulière, les conséquences en seraient trop déplaisantes. Et pareil pour les autres morceaux. Il va falloir faire disparaître tous ces spécimens-là. Comment ?*

Il regarda sa montre. Presque neuf heures. Il n'avait pas vu le temps passer. Il rassembla tous les reliefs de corps qu'il gardait au frais et les entassa dans un grand sac poubelle.

Le vieux Georges portait beau. Avec ses cheveux argentés et d'excellentes manières, il était toujours bien accueilli chez les gens et c'est pour cela qu'on était toujours heureux de se décharger sur lui des corvées du genre annonce de décès, recherche de chers disparus ou intervention pour tapage nocturne.

Il regarda la liste de noms que lui avait fournie Marcel et décida de commencer par les Da Costa, Jean-Michel et Elsa, domiciliés à quatre rues de là. Il tapa

143

sur l'épaule de son coéquipier, un jeunot aux yeux cernés qui répondait au nom de Max.

– En route, Max !

Max soupira. Il avait dormi deux heures. Les soirs où il n'était pas de permanence, il jouait les DJ dans une boîte heavy metal. Il avait encore les oreilles bourdonnantes et l'impression que le vieux lui parlait de l'autre bout de la pièce. Il se dirigea au radar vers la voiture, mais Georges l'arrêta :

– T'es fou ou quoi ? Avec cette chaleur, vaut mieux y aller à pied, on marchera à l'ombre.

Ils s'éloignèrent, sans forcer l'allure.


Après avoir expédié les enfants au Centre nautique, Marcel avait avalé des litres de café brûlant et amer, avant de se passer la tête sous l'eau froide. Un mal de crâne lancinant le taraudait. Ce qu'il souhaitait le plus au monde, c'était pouvoir contacter Nadja, mais il ne voulait pas l'appeler à son travail, à l'épicerie. Il souhaitait aussi que Madeleine réapparaisse, bien sûr, si possible souriante, et approuvant le divorce.

Au commissariat, on l'avait accueilli comme un pestiféré. Comme s'il avait soudain changé de camp, rejoignant les victimes de faits divers, les « clients » qui défilaient à longueur de journée, comme un médecin assez stupide pour attraper les oreillons, un infirmier assez bête pour se casser une jambe en portant un brancard.

Normalement, son service ne commençait qu'à midi et il ne savait pas quoi faire.

Il pensa soudain au petit homme. Si Madeleine avait appris quelque chose, ça ne pouvait être que par lui. Il se pencha vers l'agent de service à la réception, une brune aussi musclée qu'un lutteur professionnel.

– Si on me demande, je reviens, j'en ai pour une demi-heure.

– D'accord, mon pauvre Marcel. Bon courage !

Sans s'attarder sur ces paroles peu réconfortantes, Marcel se mit à cavaler dans la rue, surexcité par l'attente interminable et la tension nerveuse.

À neuf heures pile, il sonnait chez le petit homme. Celui-ci s'immobilisa. Les flics, déjà ? Il referma précipitamment le couvercle du congélateur sur le grand sac poubelle rempli à ras bord. Trop tard. Que faire ? La sonnette retentit une seconde fois, impérieuse. Il glissa un couteau tranchant dans sa manche, boutonna soigneusement les poignets de sa combinaison bleue. Troisième coup de sonnette, encore plus long et plus appuyé. Le petit homme respira à fond et alla ouvrir. La porte s'entrebâilla sur le visage furieux de Marcel.

– Bon sang, elle est là, hein c'est ça ?

*Allons bon !*

– Qu'est-ce que tu racontes ? T'es fou, Marcel !

– Pousse-toi !

Marcel écarta le petit homme d'une bourrade, s'avança dans la pièce aux vitres sales.

*J'aime pas qu'on me pousse comme ça. J'aime pas, oh non, j'aime pas.*

– Madeleine !

*Elle risque pas de te répondre, mon pote. Rouler les yeux dans les orbites :*

– Mais, Marcel, je t'ai dit qu'elle était pas là !

– Pourquoi t'as mis si longtemps à ouvrir ?

*Parce que je finissais d'avaler un morceau du nichon de ta femme.*

145

– J'étais aux chiottes. C'est interdit ?

– Comment elle a su, hein, comment elle l'a su ?

*Tu commences à me les briser.*

– Quoi ? De quoi tu parles, Marcel ?

Marcel hésita. Se rua soudain dans la cuisine. Le cœur du petit homme manqua se décrocher. Déjà, Marcel revenait, tournant sur lui-même comme un boxeur agressif.

– Tu lui as dit, à propos de l'Express ?

*Même pas eu besoin !*

– T'es fou ou quoi ? Pour qui tu me prends ?

– Je suis certain qu'elle l'a su. Sinon, Madeleine serait pas partie. Mais où elle peut être, Bon Dieu ?!

*T'es presque assis dessus.*

– T'as téléphoné chez sa sœur ?

– Ouais, elle s'était disputée avec son beau-frère. Elle est partie avant-hier vers cinq heures et depuis ils n'ont pas eu de nouvelles !

*Sûr qu'elle aurait mieux fait de rester chez eux. Bon, rassurer l'animal :*

– Écoute, à mon avis tu t'inquiètes pour rien. Elle est toute tourneboulée avec ce divorce. Elle a peut-être eu besoin de faire le point, de prendre un peu de distance.

Appuyé à la table en formica, Marcel balayait mécaniquement du regard la pièce : le frigo, l'évier, le congélateur, la fenêtre... Il soupira, se redressa :

– Excuse-moi, je perds la boule. Tu sais, même si on se sépare, je l'aime bien, Madeleine. T'as vu que t'as un carreau cassé, là ?

*Ouais et j'ai aussi une case de fêlée.*

– C'est rien, j'ai secoué un peu fort en voulant ouvrir...

– Bon, j'y vais. Si jamais tu apprenais quelque chose...

*Casse-toi, Marcel, tu sens pas les mauvaises ondes ?*

– Compte sur moi. Tout va s'arranger, tu verras...

Le petit homme raccompagnait Marcel jusqu'à la porte, en lui tapotant le dos.

*T'es grand, t'es con, t'es musclé, et tu vas souffrir, mon pote. Tu souffriras jamais assez. Personne souffre jamais assez. Personne a jamais assez faim.*

– Allez, t'en fais pas, elle reviendra !

Marcel sourit faiblement, franchit la grille, l'échine basse.

Le petit homme referma la porte et pouffa de rire. Il releva sa manche. La pointe du couteau lui avait entamé la peau, au creux du bras. Le sang perlait. Il le lécha tout en réfléchissant. Merde, neuf heures un quart, il allait sacrément se faire engueuler au garage. Heureusement, il pourrait toujours dire que Marcel voulait plus décoller. Et puis, il avait jusqu'au soir pour réfléchir. Les flics allaient peut-être passer au garage, mais c'est tout. S'agissait juste d'une disparition, quasiment une fugue, une broutille.

S'il faisait cuire tout ça tranquillement cette nuit, qu'il séparait la chair des os et qu'il foute les os à la poubelle, il serait presque sûr de n'avoir aucun problème. Démodé, Landru ? Qu'est-ce qu'il en avait à foutre, il visait pas la célébrité. Il ne visait rien, il était juste porté par la haine, comme une lueur incandescente, et la lueur convergeait peu à peu vers une seule cible.

# CHAPITRE 11

Costello se sentait un peu inquiet tout en inspectant les boîtes aux lettres de l'entrée C du bloc F de la cité du Moulin, ledit moulin ayant été rasé pour laisser place à la cité. Sur son ancien emplacement on avait aménagé une aire de jeux pour enfants, un carré de sable de quatre mètres carrés, plein de mégots et de pisse de chien.

Costello se sentait un peu inquiet parce que si le type qu'il cherchait, Fernand Magnano, était vraiment le tueur, il risquait aussi bien de s'énerver contre lui, Costello, et de le taquiner au cran d'arrêt...

*Magnano, 3ᵉ étage.* Costello soupira et entreprit l'ascension, pas question de prendre l'ascenseur au risque de se trouver coincé avec une bande de petits rats des villes. La cage d'escalier était recouverte d'inscriptions à la bombe vantant les mérites d'une certaine Babette. La dégradation morale de ses contemporains ne cessait de l'étonner. Bientôt les femmes seraient à vendre à l'encan.

Essoufflé, il s'immobilisa sur le palier du troisième. Il repéra la porte, vert-de-gris, avec l'étiquette à moitié décollée : *Magnano.* Costello sonna. La porte s'ouvrit presque instantanément et il sursauta, surpris. Un grand type vêtu d'un jogging rose vif le regardait, tour de poitrine deux mètres cinquante environ, une serviette jaune autour du cou, un bandeau rose dans ses épais cheveux noirs.

– Ouais ? aboya la montagne de chair.

– Fernand Magnano ?

– Ouais ?

Le type serra ses énormes poings, comme par inadvertance.

– Police ! fit Costello en exhibant prestement sa carte. Je voudrais vous poser quelques questions.

– Ouais ?

– Je peux entrer ?

– Ouais...

Le colosse s'écarta pesamment. Ses cuisses frottaient l'une contre l'autre quand il marchait. Costello pénétra dans un petit deux pièces entièrement rempli d'instruments de musculation. Une bouffée de sueur lui inonda le cou. L'autre mâchait son chewing-gum, paisible.

– Voyons, se hâta de dire Costello, vous avez été employé aux laboratoires Vitez, du 5 septembre 97 au 12 mars 98, c'est ça ?

– Ouais.

– Vous êtes propriétaire d'un utilitaire Renault bleu marine...

– ... ?

– Un Express ?

– Ouais.

– Vous avez été renvoyé de votre emploi parce que vous avez été accusé de voler des substances anabolisantes, c'est exact ?

– ... ?

– Des drogues...

150

– Ouais ?!

– Qu'est-ce que vous faisiez dans la soirée du 12 août, il y a huit jours ?

Le type fit une bulle avec son malabar, sans répondre.

– Jeudi dernier... qu'est-ce que vous faisiez jeudi dernier ? insista Costello.

Magnano s'assit sur un appareil rouge et vert et commença à manipuler des poids.

Costello commença à s'énerver.

– Jeudi dernier, dans la soirée, vous savez ce que vous avez fait ?

– Ouais.

– Et vous voudriez bien avoir l'amabilité de me le dire ?

– Ouais.

Costello respira à fond.

– Eh bien, de quoi s'agissait-il ?

Magnano désigna une affiche placardée au mur : JOKER BUNKER, *la salle des champions*.

– Vous avez passé la soirée dans votre club de sport ?

– Ouais.

– Il y a des témoins qui peuvent le certifier ?

L'hercule fit pensivement passer son chewing-gum de la joue droite dans la joue gauche. Costello toussota :

– Je veux dire : y a-t-il des personnes qui vous ont vu, qui peuvent dire que vous étiez bien là ?

– Ouais.

– Et à partir de quelle heure étiez-vous au club ?

Magnano leva sept doigts, gros comme des saucissons.

Costello nota : *19 heures*.

– Et vous êtes resté là-bas jusqu'à ?

Dix doigts.

– Très bien. Je vais vous laisser, si j'ai besoin de vous, je repasserai.

– Ouais.

Le colosse ne bougeant pas d'un pouce, Costello ajouta :

– Au revoir.

Comme si le mot avait déclenché un automatisme, l'autre se leva aussitôt et d'une démarche raide vint ouvrir la porte qui claqua violemment contre le mur. Costello sortit en rasant le mur. Magnano le regarda partir, quintal de viande enrobée de coton rose avec dans les yeux un vague reflet de trains.

Peut-être qu'il briguait l'inscription au Guiness Book of Records, avec comme capital de conversation un seul et unique mot...

Le jeudi 12 août c'était le jour où la Juliette Delattre avait disparu, entre vingt heures et vingt heures trente. Alors si l'alien en survêt' rose se trouvait au Joker Bunker, il ne pouvait pas être l'assassin. En tout cas, ce serait facile à vérifier.

Le deuxième lascar possesseur d'une Express bleu marine avait été identifié comme étant Michel Renard, aide-laborantin. Il avait été viré de son boulot quatre ans plus tôt.

Il était inscrit à l'ANPE et avait touché le RMI pendant deux ans, mais, après avoir fichu le feu à son studio minable en fumant au lit, il s'était retrouvé à la rue. Il ne lui restait plus que ladite Renault dans laquelle il vivait. Renard était alcoolique au dernier degré, et Costello, dûment renseigné par l'assistante sociale du foyer d'aide sociale, le trouva près d'un jardin public, installé comme un prince, les pieds à l'air par la fenêtre de la camionnette, en train de téter un litron de rouge.

– Renard Michel, si je ne me trompe ?

– J'ai rien fait, s'pecteur ! protesta Renard en écartant à peine le goulot de ses lèvres craquelées.

– Réponds ! C'est toi, Renard ?

– C'est c'qu'y disent.

– Qui ça ?

– Les gens. Mais les gens y disent n'importe quoi...

– Tu as été employé dans un laboratoire de recherche médicale ?

– Possible...

– Renard, je te conseille de filer doux, je suis de la vieille école, celle qui n'hésite pas à user injustement de la force physique à l'encontre des suspects !

– Oui, Môssieur, j'ai tra-tra-vaillé dans la recherche !

– Et pourquoi as-tu été congédié ?

– Y z'étaient jaloux, j'étais trop brillant.

– Tss tss... On t'a renvoyé parce que tu as frappé le chef de service un jour où tu étais en état d'ivresse, voilà pourquoi tu as été démis de tes fonctions. Aurais-tu la bonté de me dire où tu te trouvais jeudi dernier, entre huit et neuf heures du soir ?

– Qu'est-ce que vous voulez que-que-que j'en sache, j'sais même pas quel jour on est...

– C'est dommage pour toi, parce que tu vas certainement te retrouver avec une accusation de meurtre sur le dos ! Allez, lève-toi, et marche !

– Ça c'est dé-dé-dégueulasse, et comment vous voulez qu'j'tue quelqu'un, j'suis même pas capable de pisser droit !

– Tu me narreras ça au bureau, allez, on y va !

Costello saisit Renard au collet et le souleva. Il ne pesait presque rien, tout en os et en peau fripée. Renard vacilla sur ses pieds, puis se mit en route sans cesser de maugréer. Costello ne l'écoutait pas. Ce pauvre hère avait à peu près autant de chances d'être un tueur en série que Bossuet un auteur scatologique. Mais la routine...

En route, Renard se tourna vers lui.

– Pourquoi qu'vous m'avez d'mandé si j'avais bossé dans un la-la-laboratoire ? demanda-t-il de sa voix pâteuse.

– Parce que je cherche un individu qui a œuvré dans un laboratoire et qui possède une camionnette bleue, comme toi.

– Moi, j'en co-connais un.

– Ah oui ?

– Ben, tiens, sûr, je suis pas fou, quand même, je sais ce que je dis !

– Je suis tout ouïe !

– J'ai soif...

– Tu veux que je te rafraîchisse le lobe temporal à l'aide de quelques mandales bien assenées ?

– Pas la peine, j'ai p'us d'neurones... J'ai la cirrhose d'la tête, y m'l'a dit, le d'teur.

Costello soupira en faisant craquer ses longs doigts. La charité ne consistait-elle pas à surmonter sa répugnance pour éprouver un authentique amour envers les disgraciés ? Il sortit un billet de cent francs de sa poche.

– Avec ça, tu pourras étancher ta soif pendant au moins deux jours.

Renard fit mine de s'en emparer, mais, plus vif, Costello le rangea dans sa poche de chemise. Renard se mordit les lèvres.

– Ben, y avait ce type qui bossait avec moi, qu'avait la même bagnole. Mais lui, c'était un sale con.

154

– Sale con ? Qu'est-ce que tu entends par ce vocable injurieux ?

– Un vrai sa-salopard. L'aimait jouer avec les morceaux.

Costello sentit ses cheveux se hérisser sur sa nuque.

– Les morceaux de quoi ?

– Des aaanimaux. L'était chargé de les aaachever, quand on pouvait pus s'en servir. L'aimait vraiment ça, l'mec. Les coupait en morceaux et y jouait avec. Aucun respect, quoi, merde ! J'pouvais pas l'piffer. Passque moi, attention, les aaaanimaux j'les aime, et Brigitte Bardot aussi je l'aime !

Costello en trépignait presque de joie.

– Comment se nommait-il ?

– J'sais plus... Un nom de bagnole.

– Pardon ?

– Ouais, un nom de bagnole !

Ils étaient arrivés devant l'hôtel de police. Il fit entrer Renard tout en poursuivant la conversation :

– C'est quoi, « un nom de bagnole » ?

– J'sais pus...

L'agent en faction derrière le comptoir en plastique beige apostropha Costello :

– Je vois que tu ramènes du gros poisson !

– Mets-moi celui-là au frais avant qu'il tourne. Je le récupère tout à l'heure.

L'agent entraîna Renard qui protestait violemment.

Jean-Jean était en train de tester un nouveau feutre fluorescent sur une couverture cartonnée et il leva à peine les yeux quand Costello entra, essoufflé.

– Costello au rapport, s'annonça-t-il.

Jean-Jean leva les yeux au ciel.

– J'ai vu les deux suspects, poursuivit Costello en

suivant le vol d'une mouche du regard. Mon premier est un empêché du cerveau qui ne connaît qu'un seul mot : « ouais ». Mon second est un SDF fortement alcoolisé. Et mon tout est un troisième larron pourvu d'une Express bleu marine, qui a travaillé au laboratoire Duteuil, où il était chargé d'exécuter les sujets d'expérience et prenait plaisir à jouer avec leurs corps.

Jean-Jean dressa l'oreille, tel un setter à l'arrêt.

– D'où il sort, celui-là ?

– Un collègue de Michel Renard, le clochard. Apparemment inconnu au fichier du personnel.

– Continue...

– Renard ne se souvient plus du nom de son ex-collègue. C'est une vraie éponge à vin rouge...

– Presse-le !

– Facile à dire... Tout ce dont il se souvient, c'est que l'individu en question portait un nom de véhicule automobile.

– Xantia ? Laguna ? Volvo ?

– Je l'ignore.

– Putain, y nous faut ce type, la coïncidence est trop grosse ! Bon. Laisse ton Renard cuver un peu, tu retourneras l'interroger tout à l'heure. Et envoie Ramirez au labo, quelqu'un doit bien se souvenir de l'employé fantôme.

– Je doute qu'ils veuillent nous confesser qu'ils emploient des travailleurs en situation irrégulière. De plus, ils ont fermé avant-hier pour les congés. Ils rouvrent fin août.

Je vais le tuer ! songea Jean-Jean en grognant :

– OK, ce sera tout !

Costello toussota :

– Au fait, la femme de Blanc, pas de nouvelles ?

– Rien. Georges fait la tournée de leurs connaissances. À mon avis elle s'est barrée.

Costello sortit. Jean-Jean se remit à écrire. Il sentait la victoire proche, si proche qu'il avait peur qu'en esquissant le moindre mouvement elle ne s'évanouisse.


Marcel était épuisé. Après avoir quitté le petit homme, il avait déambulé au hasard dans la ville, puis il s'était souvenu qu'il prenait son service à midi et était rentré chez lui, manger un morceau et se changer. Madeleine n'était pas revenue. La maison était vide, sinistre, les jouets des enfants traînaient partout. La casserole de café était encore sur la cuisinière, et les bols du déjeuner sur la table. Faudrait juste qu'il achète quelques cafards, deux ou trois toiles d'araignée, et puis ça serait parfait pour un décor de tragédie.

Il regarda le téléphone muet. La seconde d'après, il se retrouvait en train de composer le numéro de Nadja. Une voix de vieil homme lui répondit, nasillarde. Il demanda Nadja mais l'autre baragouina quelque chose que Marcel ne comprit pas.

– Pas là ! Travail ! cria finalement le vieux.

– Merci, au revoir.

Le vieillard avait déjà raccroché. Marcel considéra le combiné, le reposa. Se changea. Alla se passer un peu d'eau sur le visage. Depuis hier soir, il n'arrêtait pas de ruminer et il se sentait devenir brumeux. Quelque chose le dérangeait. Un sentiment d'angoisse s'insinuait en lui, de plus en plus fort. Madeleine n'était pas partie. Elle s'était opposée à ce qu'ils divorcent de toutes ses forces, elle n'arrivait pas à comprendre que c'était fini entre eux, ce n'était pas pour foutre le camp du jour au lendemain avec un mec. Il lui était arrivé quelque chose.

Le vieux Georges sourit aimablement à Caro qui leur proposait de la limonade glacée.

– Avec cette chaleur c'est pas de refus... Vous faites de la couture ?

Il désigna la grande machine à coudre, les tissus étalés, le mannequin d'osier.

– Oui, un peu, pour arrondir les fins de mois. Et puis Jacky, mon mari, il aime que je sois bien habillée. Ça revient moins cher quand on le fait soi-même.

– Vous la connaissez bien, Madeleine ?

Max étouffa un rot discret. Il s'endormait complètement. Ils avaient interrogé Elsa Da Costa, la femme de Jean-Michel le barman, et une flopée de grosses femmes en collant dans un club de gym, puis ils étaient allés déjeuner dans une brasserie que connaissait Georges. Pâtes fraîches à l'ail et aux moules, arrosées de rosé bien frais, c'était bon, mais c'était lourd ! D'autant que Max, lui, d'habitude, c'était une salade niçoise et une Vichy. Vivement qu'on la retrouve cette bonne femme et qu'il rentre chez lui, se mettre à l'aise.

Caro avala une gorgée de limonade avant de répondre.

– Oui, enfin, je la voyais avec les autres. C'est surtout Marcel qui est copain avec mon mari.

– Vous êtes toute une bande d'amis, dites-moi...

– Oui.

– Et vous ne pensez pas, enfin c'est délicat à dire, mais que Madeleine aurait pu, avec l'un d'entre vous...

Max souleva une paupière gonflée. Les vieux avaient toujours des idées dégueulasses.

– Vous rigolez ? protestait Caro. Jean-Michel Da Costa, qui travaille au Claridge, c'est pas vraiment un apollon, on dirait plutôt le dieu du Vin, Bacchus, et Jacky... je ne pense pas que vous supposez que Jacques, mon mari...

– Non, non, bien sûr, protesta suavement Georges.

– Quant à Paulo et Ben, non vraiment je ne crois pas que ce soit le genre de Madeleine. Madeleine elle aime les types bien bâtis, comme Marcel, et eux, ils sont plutôt du genre « riquiquis », si vous voyez ce que je veux dire.

– Je vois, dit Georges qui voyait se profiler l'heure de regagner ses pénates. Bon, eh bien on va vous laisser... Max !

Max tressaillit, se redressa. Georges se leva, Max l'imita en dissimulant un bâillement.

– Contadini et Lebec sont célibataires tous les deux, je crois ?

– Oui. Ils travaillent au garage Palace.

– C'est là que nous faisons réparer nos voitures.

– Je sais.

– Contadini, ajouta Georges rêveusement, ça me dit quelque chose... J'ai déjà entendu ce nom...

Caro sourit poliment au vieux flic. Elle avait encore deux robes à reprendre. Max se balançait sur ses grands pieds, stoïque.

– Bon eh bien on y va, excusez-nous pour le dérangement, conclut Georges en saluant.

Ils sortirent dans la canicule, frappés de plein fouet par la chaleur.

Caro resta sur le seuil jusqu'à ce qu'ils disparaissent au coin de la rue. Mais qu'est-ce qui avait bien pu arriver à Madeleine ? Est-ce qu'elle s'était suicidée ? Ce pauvre Marcel devait être fou d'inquiétude.

Marcel était fou d'inquiétude. Il avait pris son service sans même s'en rendre compte. Impossible de joindre Nadja. Madeleine n'avait pas pu se volatiliser. Et si elle avait eu un amant, elle n'aurait pas arrêté de prendre la pilule depuis des mois. Il lui était arrivé quelque chose. Mais quoi ?

Ruisselant de sueur, immobile au milieu des coups de klaxon, Marcel regardait les véhicules surchauffés s'enrouler en longs rubans de métal strident. Quoi qu'il soit arrivé à Madeleine, c'était grave, suffisamment grave pour qu'elle ne donne pas signe de vie aux enfants.

Pas signe de vie.

Marcel ressentit une brusque douleur au plexus solaire. Et si Madeleine gisait, morte, quelque part ? Terrassée par un infarctus ?

Dans le garage, tout était calme. Paulo et Ben bossaient en silence. La radio jouait en sourdine.

Le petit homme tirait sur sa clope tout en tripatouillant un carburateur encrassé. *Une heure pour préchauffer le four. Quatre à cinq heures pour rôtir la viande.* Dommage, lui, la viande il l'aimait crue. Tout ça finirait aux chiens. Il repensa au visage horrifié de Madeleine, à ses yeux pleins de colère et de reproche, et il sourit pour lui tout seul. Il imagina les grands yeux noirs de Nadja écarquillés de terreur et il sourit encore plus franchement au point que le patron, qui passait, s'étonna :

160

– Oh ! C'est de bosser qui te fait rigoler ?

– Non, j'm'racontais une histoire belge. Vous la connaissez celle du type...

– Me casse pas les oreilles avec tes histoires à la con, grommela le patron.

*Un jour, je te souderai les couilles au chalumeau. Et les yeux, et ta sale bouche pleine de cambouis.*

Son regard voilé par la colère intercepta deux silhouettes qui entraient.

Le vieux Georges liquéfié, suivi d'un Max au bord de la narcolepsie, s'avançait vers eux d'un pas lent.

– Messieurs... Police.

– Ça se voit ! lança Ben en riant.

– Juste quelques questions à vous poser... (Georges reprit son souffle, s'épongea le front)... à propos de Madeleine Blanc. Elle a disparu, acheva-t-il.

– Ouais, on est au courant.

Paulo s'était rapproché et tous les deux ils dévisageaient Georges.

– Question de routine : est-ce que vous savez où elle est ?

– Aucune idée, répondit Ben en s'essuyant les mains sur sa combinaison.

– Madeleine, on la connaît moins que Marcel, on va au karaté tous ensemble, expliqua Paulo.

– À votre connaissance, elle était fidèle ? s'enquit Georges en baissant la voix.

– Ça oui ! Madeleine, c'était le genre bobonne, toujours à s'occuper de sa maison. Elle regardait jamais un mec.

*Corriger le tir :*

– Hé, t'oublies ce maître-nageur qui lui a fait du gringue sur la plage.

– Elle plaisantait avec lui, c'est tout.

– Oui, mais depuis que ça n'allait plus avec Marcel...

– Ah bon, ils s'étaient disputés ? voulut savoir Georges.

*Assener l'estocade :*

– À vrai dire, ils vont divorcer.

De sa fine écriture, Georges remplissait paisiblement son carnet. Ainsi, Blanc et sa femme ne s'entendaient plus. Ainsi, la fidèle Madeleine se laissait draguer sur la plage.

– Vous avez le nom de ce maître-nageur ?

– Non, répondirent en chœur les deux mécanos.

Georges posa encore quelques questions, nota les réponses, regarda Max qui louchait de fatigue, referma son carnet et le rangea dans sa poche.

– Bon, messieurs, on vous laisse travailler. Contadini... je connais ce nom, mais d'où ? On a peut-être des amis communs ?

– Je ne sais pas.

– Enfin, c'est sans importance. Au revoir, messieurs.

Georges et Max, à la traîne, sortirent. Le petit homme respira à fond. Lui, il savait très bien d'où il le connaissait, ce vieux Georges. Même trente-cinq ans après.

Tout en farfouillant entre ses lèvres avec un cure-dents, Georges réfléchissait. Il avait fait son rapport, congédié Max qui lui tapait sur les nerfs et il buvait un pastis en jouant aux cartes avec Marron, un autre vétéran, confortablement installés dans le foyer de permanence. Contadini, ça lui évoquait un incendie. Oui, un incendie. Une nuit d'orage. Des décombres... Mais quand ? Et où ? Et pourquoi ? L'image d'un cadavre

162

déchiqueté le traversa soudain comme un flash et il bondit, renversant son verre. Marron gueula :

– Jo ! T'es fou ou quoi ?!

– Je sais ! L'incendie de la Palombière !

– Jo, ça va ?

– C'est là que je l'ai entendu ce nom, c'était celui de la femme !

– Quelle femme ? Tu te calmes un peu ? Tu t'expliques ?!

– On l'a retrouvée, coincée sous les décombres, avec son gamin, quinze jours après l'incendie. On croyait qu'ils avaient brûlé. En fait, c'était un mec.

– Quoi, un mec ?

– Un mec qui avait brûlé. On savait pas qu'il y avait une cave.

Marron vida son verre d'un trait.

– Explique-toi, je comprends rien.

– La Palombière, c'était une propriété dans l'Esterel, tu vois, loin de tout. La mère Contadini vivait là avec son fils, un gamin d'une dizaine d'années. Il y a eu cet orage, et la foudre est tombée sur la baraque. Tout a brûlé. On a trouvé des ossements carbonisés, on a cru que c'était eux. Mais en fait, ils s'étaient réfugiés à la cave, sous les décombres.

– Et ils étaient morts ? demanda Marron en étouffant un bâillement.

– La femme, elle était morte. Le crâne brisé. Le gamin, il était vivant.

– Putain !

– Comme tu dis. Quinze jours après l'incendie, le bulldozer était en train de tout raser, il a éventré la cave, et on les a trouvés. J'étais jeune, à l'époque. Je me souviens des yeux du gosse, des yeux comme t'en as jamais vu, pire qu'à la télé.

— Il était pas mort de faim ?

— Marron, je meurs si je mens : il avait bouffé sa mère.

Marron le dévisagea, incrédule.

— Qu'est-ce que tu racontes ? T'as trop bu ?

— Pour survivre, il l'avait mangée, tu comprends ? Quinze jours dans le noir complet avec le cadavre de sa mère et lui qui crevait de faim et de froid. On était en hiver, je me souviens... Mais alors...

— Alors quoi ? demanda Marron, visiblement dépassé.

Georges avait toujours été le genre de type à se poser trop de questions.

— Le type que j'ai interrogé cet après-midi, c'est peut-être lui, le gamin, l'âge correspondait !

— C'est peut-être juste le même nom. Et le mec carbonisé, c'était qui ?

— Si je me souviens bien, un voisin, un bon ami de la mère, d'après le gosse, tu vois ce que je veux dire. Il n'a pas eu le temps de sortir de la chambre, la foudre est entrée par la fenêtre et tchac ziiim ! acheva Georges avec un grand geste tragique.

— La foudre, c'est mauvais, approuva Marron. Bon, on la finit ou pas, la partie ?

— Non, je vais rentrer. Je dois avoir gardé mes vieux carnets de l'époque. Ciao, Marron.

Le vieux et consciencieux Georges sortit dans le doux crépuscule.

# CHAPITRE 12

Dans le doux crépuscule, le petit homme passa en première et se mit à le suivre. Le vieux Georges avait un rendez-vous ce soir. Le dernier.

Georges dépassa le pont et tourna dans la rue paisible. La nuit était tombée. À l'écart de l'agitation du centre-ville, le quartier paraissait abandonné. Il y avait une odeur de jasmin, comme une caresse d'adieu.

Georges entendit la voiture freiner près de lui. Il se tourna, toujours prêt à donner un renseignement à un touriste. La portière s'ouvrit. Il se pencha. Le grand ciseau se planta dans sa pomme d'Adam avec force. Georges bascula en avant, enfonçant encore plus profondément les lames pointues dans sa chair. Le sang jaillit de sa bouche sur le plastique étalé par le petit homme sur le siège. Celui-ci referma la portière d'un coup sec, tassant les jambes de Georges sous le tableau de bord. Il jeta son blouson sur l'agonisant et ouvrit la radio pour couvrir les râles, laissant jaillir un flot de techno.

Le vieux Georges eut un sursaut, émit tout un tas de gargouillis. Le petit homme lui cogna du poing sur la tête deux ou trois fois, jusqu'à ce que les pointes du ciseau ressortent de la nuque du vieil agent. Plus rien ne bougea. Maintenant, c'était le moment délicat. Il était à la merci du moindre contrôle, du moindre accident. Il roulait lentement, attentif à la circulation, aux passants, aux ombres.

Cette imbécile de Madeleine avait attiré l'attention sur lui. Il ne s'agissait plus de s'amuser, il fallait survivre. Et si on devait le prendre à cause de ce connard de Marcel et de sa bonne femme, il bousillerait d'abord le petit morpion. Il adorait les représailles.

Arrivé devant chez lui, il se préparait à décharger Georges quand son sang se glaça dans ses veines. Une silhouette postée devant la grille se détacha et s'avança vers lui. Marcel ! Fallait pas que Marcel s'approche. Il descendit précipitamment de la voiture et se porta à sa rencontre.

*Merde, les ciseaux sont restés dans la gorge du vieux ! La jouer profil bas. Inquiet et étonné, mains écartées, paumes en l'air.*

– Qu'est-ce que tu fous là, Marcel ?

– Je t'attendais. J'ai mené les gosses chez la sœur de Madeleine. Écoute, je suis sûr qu'il lui est arrivé quelque chose.

*Tu vas voir que ce con a deviné ! Écarquiller les yeux en signe de sincérité.*

– Mais non, tu te fais des idées...

– Tu es la dernière personne à qui elle ait parlé, est-ce qu'elle t'a dit quelque chose ?

*Qu'est-ce qu'elle aurait bien pu me dire ?*

– Mais je t'ai déjà dit que non ! Allez, entre, tu veux boire un coup ?

– Non. J'ai rendez-vous avec Nadja. J'étais juste passé comme ça.

– Et si Madeleine revient ? Elle sera contente de savoir que t'es avec Nadja ?

*Paf, prends ça dans les gencives.*

– Si tu lui avais rien dit, elle l'aurait jamais su et elle serait encore là, siffla Marcel d'un air peu amène.

*Protester avec conviction :*

– Marcel !

– Me prends pas pour un con, j'ai réfléchi, je suis sûr que c'est toi qui lui as tout dit. D'ailleurs, y a que toi qui étais au courant. T'es un pourri !

*Me provoque pas, mec. C'est pas le soir.*

– Tu débloques.

*Changer de sujet :*

– Et tu dois la voir où, ta Nadja ?

– Elle vient chez moi. Je veux être là au cas où Madeleine téléphonerait.

– Et le gamin ? Il reste au pied du lit ?

Marcel leva un poing menaçant, le petit homme rentra la tête, servile.

*Touche-moi, Marcel, touche-moi et t'es mort.*

– Excuse-moi, j'ai dit ça comme ça...

Marcel se domina, haussa les épaules et s'éloigna à grands pas. Comme il arrivait devant le square, une vieille dame revêtue d'un poncho en plastique, poussant un caddie plein de sachets, le saisit par le bras.

– Hé !

– Quoi ? Ah c'est vous ! Je suis pressé.

Marcel la connaissait de vue. Une vieille tapineuse black qui vivait dans la rue. Elle opérait dans les cinémas. Vite fait, bien fait. Avec son bonnet de laine de couleurs vives, été comme hiver, son caddie et son poncho, c'était une silhouette familière de la ville. La semaine précédente, il l'avait tirée des griffes d'une bande de petits branleurs agressifs qui la bousculaient. C'était la première fois qu'il la regardait vraiment et il la trouvait pas trop moche. De beaux yeux gris derrière ses grosses lunettes rondes. On aurait jamais cru qu'elle faisait la retape. La porte du petit homme claqua dans son dos.

– Vous vous disputez à cause de la dame ? chuchota-t-elle.

– Oui, mais...

– Il vous a menti, elle est venue, je l'ai vue...

– Pardon ?

– Elle est venue, hier après-midi. Il était pas là. Je dormais sur un banc dans le square. Et puis j'ai ouvert les yeux à cause du camion. Il faisait un bruit d'enfer. Et je l'ai vue. Devant la fenêtre.

– Et alors ?

Malgré lui, Marcel avait baissé la voix aussi, ils chuchotaient dans la nuit chaude comme une haleine trop chargée.

– Alors le camion est passé et je l'ai vue se faufiler dans la maison, elle avait cassé la vitre.

La vitre cassée dans la cuisine !

– Elle est ressortie ?

– Je l'ai pas vue ressortir.

– Comment était-elle ?

– Un peu grosse, blonde, avec un tricot rose.

– Madeleine ! Le salaud !

Dans son émotion, il lui avait saisi le bras et la secouait. Elle se dégagea doucement. Marcel se retourna vers la maison du petit homme dont la fenêtre brillait dans la nuit comme l'œil malin d'un chat borgne.

– Bonne chance ! ajouta la vieille comme il s'élan-
çait.

Elle n'aimait pas le petit homme, son regard comme
du givre, son regard de givré.

– Merci, répondit Marcel machinalement.

Déjà il était à la grille, la poussait, sonnait à la porte
d'entrée, en essayant de maîtriser sa colère.

Le petit homme ouvrit lentement, ses lunettes scintillaient sur son visage luisant de sueur.

– Qu'est-ce que tu veux encore ?

Avant même qu'il ait fini sa phrase, Marcel l'avait
projeté à terre d'une bourrade et le surplombait, prêt à
le frapper. Il protesta :

– T'es fou, t'es fou, Marcel !

– Espèce de sale menteur, elle est venue ici hier
après-midi, quelqu'un l'a vue ! Je vais te casser la
gueule !

– Et comment tu veux que je le sache, si elle est
venue ? J'étais pas là, hier après-midi, j'étais au
garage ! J'étais au garage, t'entends ?

Marcel, qui l'avait empoigné à la gorge, le lâcha.

Le petit homme se frotta le cou. La blessure que lui
avait faite Madeleine s'était rouverte et il saignait. Il y
avait Georges dans la voiture... Il fallait inventer une
histoire plausible et vite. Marcel respirait fortement, les
poings serrés. Danger.

Brusquement, Marcel s'élança vers la cuisine. Le
petit homme eut un hoquet de terreur, bondit sur ses
pieds et le rejoignit comme Marcel s'arrêtait devant le
carreau cassé, accusateur :

– Et pourquoi elle est rentrée par la fenêtre, pourquoi ? Qu'est-ce qu'elle voulait ?

Il se précipita de nouveau sur le petit homme, ses larges mains tendues en avant.

*Mais c'est un cauchemar ou quoi ?*

– Marcel, écoute, je vais t'expliquer !

*Si seulement j'avais pensé à prendre le cran d'arrêt avant d'ouvrir. Il y a bien le couteau à viande sur l'évier, mais ce con de Marcel est juste devant. D'un autre côté, buter un flic chez moi...*

– Je vais t'expliquer, calme-toi.

*Sortir un truc, un truc bien juteux, un bon os à ronger.*

– Voilà, Madeleine, elle avait un amant.

– Menteur !

*Oh sa gueule, oh sa gueule ! Oh c'est trop bon ! Glapir :*

– Je te le jure ! Je te le jure, Marcel, me frappe pas !

– Comment tu le sais ? Explique-toi !

– J'ai trouvé une photo, d'elle et de lui, dans une bagnole au garage. Cachée dans un pare-soleil.

– Qu'est-ce que tu racontes ?

*C'est bon, ça prend, putain, je suis grand !*

– Je te dis que j'avais trouvé une photo d'elle et de lui en train de...

Marcel sentit un calme étrange l'envahir.

– Continue.

– J'ai pris la photo. Je voulais la garder comme preuve, au cas où...

– Attends, attends une minute. Madeleine couchait avec un des clients du garage ?

– C'est ce que j'essaye de te dire depuis une heure !

– C'est qui ?

*Petit tour de vis supplémentaire.*

– Je peux pas te le dire.

Marcel attrapa le petit homme par le col de sa chemise et le souleva du sol. Maintenant une colère rouge lui dévorait les entrailles. Après toutes les scènes de jalousie qu'elle lui avait faites, Madeleine s'envoyait en l'air !

– C'est qui ? C'est la dernière fois que je te le demande.

*C'est qui ? Voyons... Ouais !*

– Un flic, merde, c'est un flic !

Marcel le laissa retomber sur ses pieds.

– Quoi ?

– Un flic, je te dis ! Là, t'es content ?!

Devant l'expression totalement abasourdie de Marcel, le petit homme faillit éclater de rire. Bon Dieu, ce qu'il s'en sortait avec brio ! Un vrai comédien !

– Son nom !

*Jouer les vierges effarouchées.*

– Écoute, Marcel, je sais pas si...,

– Son nom !

*Heu... mais oui !*

Le petit homme prit un air piteux.

– Jeanneaux.

– C'est pas possible ! Pas lui !

*Sollicitude :*

– Marcel, ça va ?

Marcel releva la tête, l'air hagard.

– Si tu me racontes des craques...

– Pourquoi je ferais ça ?

*Pourquoi je tuerais des gens ? Pourquoi tu tromperais ta femme ? Pourquoi y aurait des guerres ?*

Marcel resta un instant silencieux. Puis désignant la fenêtre :

– Et la vitre ?

*Putain, t'as de la suite dans les idées, Marcellino de mon cœur !*

– À mon avis, elle est venue ici pour récupérer la photo. Parce que la photo, elle est plus là où je l'avais rangée. Mais tu comprends bien que je pouvais pas t'en parler.

– Et pourquoi elle s'est tirée ?

– J'en sais rien, elle m'a pas fait ses confidences...

– Et comment elle a su que tu savais ? s'obstina Marcel, profondément ébranlé.

– Je l'ignore. Peut-être qu'il lui a dit que la photo avait disparu et elle a pensé que c'était moi qui l'avais prise ? En tout cas, l'autre après-midi, elle est passée au garage et elle m'a demandé de la lui rendre, elle gueulait, elle avait l'air d'une folle. J'ai fait l'imbécile. Elle est partie, furieuse. Mais je ne savais pas qu'elle allait venir ici. C'est en voyant que la photo avait disparu que j'ai compris...

*Je crève de soif. Y me déshydrate, ce con.*

Marcel se passa la main sur le visage. Le petit homme reprit :

– À quelle heure t'as rendez-vous avec Nadja ?

– Merde, j'avais oublié, quelle heure il est ?

– Presque huit heures et demie.

– Il faut que j'y aille. Jeanneaux, cet enflé, je peux pas y croire !

*Moi non plus. C'est pas le genre à tirer ta grosse bobonne. Bon, caresser le chien dans le sens du poil*

– Je suis désolé, Marcel...

– Oh ça va, garde tes larmes pour toi.

Marcel tourna les talons sans un regard pour le petiᵗ homme. Il marmonna encore « Jeanneaux, bon sang ! » puis claqua la porte.

Le petit homme s'effondra sur son canapé comme une poupée de chiffon, hoquetant de rire.

*Georges ! J'allais l'oublier celui-là.* Il se redressa. Alla chercher son grand sac de marin en haut de l'armoire. Inspecta soigneusement le jardin, la rue. Marcel avait disparu. *Dire que cet imbécile est resté tout ce temps à moins d'un mètre de sa bonne femme !*

Le petit homme se faufila prestement jusqu'à la camionnette, ouvrit les portes arrière, s'engouffra dans le véhicule. Cinq minutes après, il ressortait, traînant derrière lui le sac de marin distendu. Hop hop hop jusqu'à la porte. Il jeta le lourd sac sur le carrelage de la cuisine, ferma la porte à double tour et se servit une grande bière glacée. La mousse coulait sur son menton et il buvait avidement, avec délice.

*Mais comment Marcel a su que Madeleine était venue ici ?*

Décidément, quelque chose s'était détraqué. Le petit homme était contrarié. La colère le fouillait comme une lame tranchante. Il saisit la scie et se pencha sur Georges. Puisque c'était comme ça, on allait voir ce qu'on allait voir. Il se mit au travail avec furie, son regard fixe de serpent ne cillant pas sous les éclaboussures de sang. Ce serait son chef-d'œuvre.


Marcel avait couru jusque chez lui Nadja l'attendait, immobile, devant la devanture illuminée du quincaillier, plongée dans la contemplation d'un établi complet de bricoleur. Il lui posa la main sur l'épaule. Elle se retourna et sans un mot se blottit contre lui. Ils entrèrent dans l'immeuble. Marcel sentait la chair douce et ferme pressée contre lui. La minuterie se mit en marche, ils s'écartèrent. Le comptable du troisième les croisa salua

173

poliment, demanda des nouvelles de Madeleine, sans omettre quelques regards suspicieux vers Nadja qui le toisait, méprisante.

À peine entrés, Marcel saisit Nadja dans ses bras et se laissa tomber sur un fauteuil. Elle voulut se dégager. Il la retint. Leurs lèvres se heurtèrent, s'adoucirent. Ils s'embrassèrent à perdre le souffle. Puis Marcel annonça la nouvelle :

– Tu sais, ma femme, elle me trompait, avec mon chef...

Nadja éclata de rire.

– Excuse-moi, mais tu as vraiment une tête de cocu !

Le pire, c'était qu'elle avait raison.


Jeanneaux regarda sa montre. Bon, en route. Il éteignit la lumière, descendit l'escalier. En bas, Ramirez et Marron blaguaient tranquillement.

– Hé, chef ! lança Ramirez.

– Oui ?

Jean-Jean tripotait ses clés, nerveusement. Qu'est-ce que ces crétins lui voulaient encore ?

– Chef, vous la connaissez vous, l'affaire de la femme mangée par son fils ?

– C'est une devinette ?

– Non, c'est Georges. Il est parti comme un fou, à cause d'une histoire de bonne femme mangée par son fils.

– Il avait bu ?

– Non, chef, on jouait aux cartes, expliqua Marron. Il a parlé d'une villa, la Palombière... y a une trentaine d'années...

– Jamais entendu parler. À demain.

– À demain, chef.

Jean-Jean déboucha dans la nuit. Il passa devant une fenêtre d'où s'échappaient des senteurs de melon. Il respira profondément. L'odeur du melon, pour lui, c'était le souvenir de toutes ces soirées d'été, quand il rentrait épuisé de la plage, d'avoir nagé et couru, couvert de sel séché, les yeux brûlants, et l'air était doux, si doux...

Il n'avait pas envie de rentrer chez lui, de dîner seul sous son ampoule de 60 watts. Il décida d'aller au cinéma. L'été, c'était ça : du melon, de la sueur et des super-héros. Une sorte d'excitation diffuse qui faisait vibrer la ville à la poursuite d'une jouissance qui se dérobait.

# CHAPITRE 13

Nadja se releva, reboutonnant sa légère robe d'été, coupée dans un nylon vert et moulant qui mettait en valeur ses épaules brunes. Marcel se recoiffa machinalement. Il avait l'impression curieuse de dessaouler. Ses idées se remettaient lentement en place. Il regarda Nadja et il eut l'impression qu'un voile se déchirait, lui donnant accès aux vraies couleurs du monde.

Madeleine s'était toujours moquée de son désir de peindre. Et, à côté d'elle, il avait toujours eu l'impression d'être un brave garçon, un peu pataud, un peu naïf. Aujourd'hui, Marcel ne se sentait ni brave, ni pataud, ni naïf. Il se sentait lourd d'une densité jusque-là inconnue. Nadja but un verre d'eau en le regardant par-dessus le rebord du verre.

– Alors, grand homme blanc, qu'est-ce que tu vas faire ?

– Il faut que je parle à Jeanneaux. S'il sait où est Madeleine, je n'ai pas l'intention de continuer à me laisser ridiculiser aux yeux des copains.

– Et quand tu auras retrouvé ta Madeleine ? Vous vous remettez ensemble ? Je me casse ? Fin des Mille et Une Nuits ?

– Tu ne te débarrasseras pas de moi comme ça. En plus d'être con et cocu, je suis extrêmement têtu.

Elle lui sourit, effleurant sa moustache.

– Il faut que je rentre. Mon beau-père va s'inquiéter, je lui ai dit que j'allais au cinéma avec une amie.

Marcel se souleva.

– OK, allons-y.


23 heures. Le petit homme avait fini sa besogne. Il ruisselait de sueur, son tee-shirt couvert de taches pourpres, tel un peintre en pleine crise créatrice. Il posa la scie dans l'évier, fit couler l'eau, rinça soigneusement l'outil. Avec la grosse éponge, il nettoya ce qui avait giclé sur les murs, puis ôta son tee-shirt souillé, l'arrosa de white-spirit et y mit le feu. Pendant que le tee-shirt se consumait dans le bac en grès blanc, il ramassa les déchets soigneusement déposés au fur et à mesure sur l'égouttoir à vaisselle et les jeta dans un grand sac poubelle qu'il porta à la camionnette, non sans avoir jeté un coup d'œil alentour. Tout était calme. Une légère brise se levait.

Il revint, s'arrêta devant son œuvre allongée sur la table. Superbe ! De l'esthétique, du sens, de la créativité et une pointe de distanciation. Satisfait, il fit claquer sa langue contre son palais et s'autorisa une canette de bière supplémentaire. Il referma ensuite autour de son œuvre les pans de la bâche opaque, les lia avec les deux sangles prévues et la transporta jusqu'à la camionnette à l'aide du diable de déménageur. Inutile de se casser les reins.

Tassée sur son banc, à l'ombre d'un bosquet de palmiers, la vieille tapineuse se fit toute petite. Ce type était vraiment bizarre. Depuis le temps, elle avait acquis un sixième sens pour les détecter, les cinglés, et là, c'était vraiment le gros lot ! À un moment, il se retourna et fouilla la nuit dans sa direction. Inondée de sueur, elle oublia pour un instant le froid incessant qui la tenaillait depuis des années.

Le petit homme embraya et disparut. Il fit un premier arrêt près d'une décharge sauvage, dans la colline. Là, tout en roulant le long du fossé, il ouvrit la portière côté passager et balança le sac poubelle plein de « déchets ». Le sac roula lentement dans l'herbe jaune avant de s'immobiliser contre un vieux fauteuil éventré. De la pitance pour les rats.

Deuxième arrêt : l'appartement de Jeanneaux. Avec la carte grise que cet enfoiré laissait dans le pare-soleil, c'était pas difficile de savoir son adresse. Quartier résidentiel, bel immeuble, moderne, cossu, avec de larges terrasses, des plantes vertes, des sonnettes dorées, un hall de marbre qui vous donnait irrésistiblement envie de cracher par terre. Le petit homme enfonça une casquette sur sa tête, ajusta ses lunettes de soleil, ouvrit les portes arrière et déchargea son fardeau.

La rue était déserte

À partir de là, c'était une question de chance. Il poussa le diable contre la porte vitrée, chercha le nom. *Jeanneaux*. Voilà. Sonna. Deux coups brefs. Une voix, dans l'interphone :

– Ouais ?

Le petit homme prit une inspiration :

– Chef, c'est Ramirez, chef, il faut que je vous voie, c'est urgent.

– Ça peut pas attendre demain ?

– C'est à propos du cinglé, chef, j'ai du nouveau.

– Bon, monte !

Un long soupir exaspéré se mêla à la vibration de l'ouvre-porte. Pas difficile d'imiter la voix de ce gros lard de Ramirez. Suffisait de choper l'accent. Le petit homme traversa rapidement le hall, traînant son chargement. Coup de bol, l'ascenseur était là. Les portes métalliques s'ouvrirent sans bruit. Il posa l'œuvre enveloppée à plat sur le plancher de la cabine, déboucla les sangles, retira la bâche d'un coup sec et cala soigneusement son ouvrage sur la paroi du fond. Vingt secondes. La lumière s'éteignit dans l'ascenseur. Une voix feutrée appela d'en haut :

– Qu'est-ce que tu fabriques ?

– L'ascenseur il marche pas, chef ! répondit le petit homme tout en ressortant sans bruit de la cabine.

– Eh bien, monte à pied, c'est au troisième.

Le petit homme se dirigea vers la sortie. Il entendit encore Jeanneaux grommeler : « Marche pas, marche pas, ça m'étonne... » et appuyer sur le bouton d'appel.

Docile, l'ascenseur se mit en marche et s'éleva gracieusement vers Jean-Jean.

Comme le petit homme atteignait la porte à reculons, il entendit la portière d'une voiture claquer devant l'entrée. Aussitôt il plongea dans le noir du local du vide-ordures, laissant la porte entrebâillée.

Plusieurs événements se produisirent alors simultanément :

La vibration de l'interphone résonna suivi du déclic d'ouverture de la porte.

Marcel entra d'un pas rapide, se dirigea vers l'ascenseur et, voyant qu'il était occupé, entreprit de grimper l'escalier quatre à quatre.

Les portes automatiques de l'ascenseur s'ouvrirent sur le palier de Jean-Jean.

Penché par-dessus la rampe, guettant Ramirez, Jean-Jean, en robe de chambre saumon, ne vit pas tout de suite ce que contenait l'ascenseur.

Le petit homme était déjà dehors et démarrait sur les chapeaux de roue (autant que faire se peut avec une camionnette déglinguée), lorsque retentit une exclamation étouffée.

Jean-Jean contemplait l'intérieur de la cabine avec des yeux incrédules. Comme personne ne montait ni ne descendait, l'ascenseur, machine disciplinée, referma ses portes. Aussitôt Jean-Jean appuya sur le bouton d'appel. Les portes se rouvrirent. Il imagina un instant qu'un des co-propriétaires aurait pu appeler l'ascenseur et découvrir cette horreur ! Il fallait tirer ça dehors.

Il se pencha et saisissait deux jambes comme Marcel débouchait sur le palier, essoufflé et furieux.

– Il faut que je vous parle ! lança-t-il avec vindicte.

Il s'immobilisa, perplexe. Jean-Jean le regardait, l'air absent. Et il tirait un corps par les pieds ! Quelqu'un avait eu un malaise ? Marcel s'approcha, vaguement inquiet.

– Pouvez pas m'aider, non ? lui lança Jean-Jean entre ses dents.

Interdit, Marcel acquiesça et saisit une jambe. Puis il leva la tête et son regard rencontra le regard vitreux de Madeleine.

Madeleine, dont la tête, cousue à côté de celle de Georges, surmontait un corps androgyne.

Une nausée parcourut Marcel, le choc le frappa comme un coup de bélier en plein ventre et il se plia en deux, sonné.

Jean-Jean le dévisageait, interloqué. Marcel pivota sur lui-même, s'affaissant contre le mur. Son front cogna durement contre le ciment. Il se retenait d'une main et se massait le ventre de l'autre, incapable d'émettre un son.

Jean-Jean acheva de tirer le cadavre à deux têtes sur le palier et entreprit de le faire glisser dans son appartement, avant que ses voisins, deux braves retraités d'une politesse sourcilleuse, mettent le nez dehors.

Marcel le suivit, frappé de stupeur.

– Fermez la porte ! chuchota Jean-Jean en se redressant.

Marcel obtempéra machinalement. Ses mains tremblaient.

– Je vous sers un cognac, Blanc ? Ça va ? demanda Jean-Jean, pas mal secoué lui-même.

Sans attendre de réponse, il remplit deux verres à ras bord et en tendit un à Marcel qui l'avala cul sec.

Jean-Jean jeta un coup d'œil à la chose. À première vue, le tueur ne s'était pas foulé, il avait simplement habillé le cadavre de Georges en homme du côté droit, en femme du côté gauche. Pour le buste : veston et chemise coupés au milieu, accolés à un boléro rose de l'autre côté. Pour le bas : demi-pantalon contre demi-jupe gitane. Et à côté de la tête si noble de ce pauvre cher vieux Georges, il avait cousu la tête exsangue d'une quelconque poufiasse. Une représentation charnelle du yin et du yang, en quelque sorte. Une paire de ciseaux était enfoncée jusqu'à la garde dans la gorge de Georges.

Blanc désignait la poufiasse d'un doigt tremblant.

– Il l'a tuée...

Décidément ce pauvre Blanc ne tournait pas rond.

– Oui, j'ai vu. Bon, je vais appeler le fourgon.

– C'est tout ce que ça vous fait ?

182

– J'ai envie de vomir, mais je me retiens. Vous en voulez un autre ? lui lança sèchement Jeanneaux en désignant le cognac.

– Merde, vous êtes incroyable ! Elle est MORTE et c'est tout ce que ça vous fait !

Jean-Jean recula prudemment vers le téléphone.

– Vous avez eu un choc, Blanc, asseyez-vous donc...

– J'ai pas envie de m'asseoir, cria Marcel, elle est là, sous mes yeux, et vous voulez que je m'assoie, mais vous êtes malade ou quoi ?!

– Écoutez... commença Jeanneaux avant de s'interrompre, les sourcils froncés : Mais au fait, où est Ramirez ?

– Ramirez ? demanda Marcel machinalement.

– Il a sonné, je lui ai ouvert... Merde ! il a imité la voix de Ramirez ! Ce salaud connaît mon adresse et il connaît Ramirez ! Et vous êtes arrivé quelques secondes après... vous n'avez vu personne, Blanc ?

– Vu qui ? demanda Marcel, complètement paumé.

– Pourtant vous auriez dû le croiser ! murmura Jean-Jean en regardant Marcel avec circonspection.

Il composa rapidement le numéro du commissariat. Marcel ne bougeait pas. Madeleine regardait dans sa direction, reproche muet et terrible. Il ne se sentait pas triste, plutôt assommé. Et perplexe. Comment ? Pourquoi ? Qui ? Georges et Madeleine, c'était plus qu'une coïncidence.

Jean-Jean raccrocha après avoir eu le lieutenant de service.

– Leroy arrive avec le fourgon, le toubib et les techniciens. Regardez-moi ça, ajouta-t-il en désignant le corps à deux têtes allongé sur le marbre moucheté de son hall d'entrée, c'est vraiment dégueulasse !

183

– Vous n'avez pas honte ? lui lança Marcel, en secouant la tête.

– Honte ? Honte de quoi ? Je crois que vous avez éprouvé un choc, Blanc...

– Et vous, vous en avez pas eu, de choc ? Et elle, elle en a pas eu un de choc ?

– Certainement... mais je ne vois pas...

Pourquoi diable Blanc faisait-il une fixation sur cette bonne femme ?

– Vous ne l'aimiez pas, c'était juste une aventure, comme ça ! laissa tomber Marcel en se prenant la tête entre les mains.

– Mais de qui parlez-vous ?

– Mais de Madeleine, Bon Dieu ! De ma femme ! Merde !

Jean-Jean fronça les sourcils.

– Votre femme ?

Marcel se leva d'un bond et se rua sur Jean-Jean, le saisissant aux revers de sa robe de chambre.

– Ne vous foutez pas de ma gueule en plus ! Je m'en fous que vous ayez couché avec elle, mais c'est pas une raison pour manquer de respect à son cadavre !

– Son cadavre ? Bordel ! Vous voulez dire que cette femme... c'est votre femme ?

– Espèce de salaud ! fulmina Marcel, prêt à cogner.

– Blanc, je ne plaisante pas, je n'ai jamais vu votre femme, comment voulez-vous que je la reconnaisse ?

– Jamais vue ? Vous la b..... avec un oreiller sur la tête ?!

– Mais je n'ai jamais... mais vous êtes cinglé ! hurla Jeanneaux, suffoqué.

Le carillon feutré de la porte retentit, insistant. Marcel lâcha Jeanneaux, se frotta les yeux comme pour revenir dans un monde normal. Il les rouvrit. Rien n'avait changé. Le cadavre à deux têtes gisait sur le sol, les cheveux blonds de Madeleine étalés en corolle. Jean-Jean avait ouvert. On entendait un piétinement dans l'escalier.

Madeleine... quelle pitié ! Et tout en songeant à Madeleine, il avait encore la chaleur de Nadja sur la peau. La vie était horrible, tissu putride qui ne cessait jamais de se régénérer, se repaissant de la mort pour engendrer la vie.

Le lieutenant Leroy fit irruption. Il était en sueur et se tamponnait le visage avec un grand mouchoir à carreaux digne du commissaire Maigret. Derrière lui, deux infirmiers portant une civière, et les techniciens de scène du crime. Tout le monde s'arrêta sur le seuil. L'un des infirmiers ne put retenir une exclamation :

– Merde alors, t'as vu ça ?!

Le docteur entra, dépeigné, le visage ensommeillé.

– Pour une fois que je m'étais couché tôt ! Ah, des siamois, ça change ! Il a de l'imagination ce gars-là, je dis « ce gars » parce que je suppose que c'est toujours le même ?

– Heu docteur, écoutez...

Jean-Jean entraîna le docteur à l'écart.

– La femme, la tête de femme, là, c'est celle de la femme du type qui est debout dans le coin, alors pas trop de blagues, hein ?

– Je comprends, chuchota le docteur. Mes condoléances, monsieur, ajouta-t-il à l'adresse de Marcel hébété.

Le docteur s'agenouilla près du cadavre, ses vieux genoux craquèrent.

Marcel se servit un autre cognac.

Jean-Jean s'était habillé. Il enfonça les pans de sa chemisette rose dans ses jeans, enfila des tennis.

– Bon, Blanc, ça ne sert à rien de rester là. Venez avec moi, on va au bureau. Je veux relire le dossier. Docteur, vous tirerez la porte derrière vous. Heureusement que ma femme est en vacances !

Marcel le suivit sans rien dire. La circulation s'était raréfiée. Il faisait encore chaud, mais une chaleur supportable, presque agréable.

Marcel regardait autour de lui sans rien reconnaître. Tout lui semblait neuf. Les immeubles, les enseignes, les gens surtout, étranges, étrangers, heureux vivants d'un monde paisible. Et ce grotesque quiproquo autour du cadavre de Madeleine... Incursion du vaudeville dans le drame. Pourquoi Jean-Jean niait-il ? Est-ce qu'il pensait que Marcel aurait de la peine ? Est-ce qu'il... La pensée piqua Marcel comme un scorpion. Après tout, qu'est-ce qu'il connaissait de Jean-Jean ? Imaginer que c'était peut-être lui le meurtrier, c'était fou, mais ce n'était pas impossible. Il fallait qu'il soit sur ses gardes. Il se rencogna discrètement contre la portière, un œil sur Jean-Jean qui conduisait vite, sans parler, une cigarette fichée au coin des lèvres.

Le commissariat tournait au ralenti. Une prostituée en colère, quelques petits dealers, des formulaires à remplir, des inspecteurs fatigués, des gobelets de café, et la fumée des cigarettes. La routine de la nuit.

Jean-Jean monta les escaliers sans saluer personne, Marcel sur ses talons.

– Bon, vous n'êtes pas obligé de rester, Blanc. Je sais que vous venez d'avoir un sacré coup dur. Mais je sens qu'on va le coincer, ce salopard. Je le sens.

– Je reste.

186

En disant ça, Marcel eut l'impression fugitive de jouer dans un bon vieux western et quelque part c'était réconfortant. Dans l'ambiance familière des bureaux, l'idée que Jeanneaux puisse être mêlé au meurtre de Madeleine lui semblait de plus en plus grotesque. Il y avait autre chose, quelqu'un qui les manipulait, qui se jouait d'eux.

Jean-Jean lui passa une partie du dossier et ils se mirent à récapituler l'affaire.

Le petit homme était garé devant chez lui. Il réfléchissait, immobile, les yeux dans le vague. Une silhouette bougea près des buissons et il fit un bref appel de phares, épinglant la vieille tapineuse en bonnet de laine dans le faisceau lumineux. Elle sursauta et détala comme un lapin affolé. Le petit homme sourit pour lui tout seul. Puis il reprit sa rêverie morose.

Son instinct de prédateur l'avertissait que c'en était fini des beaux jours. Ils étaient après lui, la curée avait commencé. Il sentait qu'il ne devait pas bouger et se tenir prêt à filer. Il sortit son portefeuille de la poche de son blouson et vérifia qu'il avait bien ses papiers, son chéquier, sa carte de crédit et la photo de sa mère. Son beau visage intact lui souriait. Il caressa l'image d'un doigt taché de sang et de cambouis, tremblant. Elle était si jolie, sa maman.

*Beaucoup trop jolie pour un porc comme Pierrot, beaucoup trop jolie pour faire avec lui la bête à deux dos et à deux têtes, la vilaine bête qui n'aimait plus son petit chéri, la vilaine bête haletante, avec ses deux têtes en sueur, bouches ouvertes sur leurs cris de bêtes, le contact rassurant du manche de la hache*, il savait fendre les bûches, vite et bien, il était petit, mais fort, ne jamais l'oublier, *la vilaine voix de la Bête-Maman* « *Sors d'ici, laisse-nous !* » « *Je vais te mettre en pension, j'en ai par-dessus la tête de toi !* », *le vilain sourire de la Bête-Pierrot, repue, de la salive sur le menton.* Oh, non, on ne se moquait pas de lui comme ça. *Le manche de la hache. Les cris, longs, aigus, rythmés par le fracas assourdissant du tonnerre, la Bête-Pierrot en morceaux sur le lit, la Bête-Maman fuyant, fuyant dans le couloir, nue, nue comme Dieu l'a faite, l'orage, la foudre, la foudre divine frappant la maison, explosion de feu, avant le grand noir, le noir plein de choses.*

La nuit sembla envahir tout l'habitacle de la voiture, lui pesant sur la poitrine, collant à ses lèvres comme une chair moite et molle. Une odeur de putréfaction vint lécher son nez, sa bouche, ses yeux désespérément ouverts mais qui ne voyaient plus rien. Quelque chose grouillait sous ses doigts. Un frémissement, une palpitation invisible qui chatouillait sa paume. D'étranges soupirs se faisaient entendre et des bosses se créaient soudain sous ses mains. Le monde n'était plus que tactile et puant. Le froid le faisait trembler, il se collait à la masse rigide et mouvante mais elle ne dispensait aucune chaleur. Juste ces chatouillements aux bruits de succion. Le petit homme voulut hurler. Ses mains griffaient le pare-brise, ses jambes battaient spasmodiquement sous le tableau de bord.

Une main ouvrit brutalement la portière, une masse se pencha vers lui.

– Monsieur ? Vous êtes souffrant, monsieur ?

La tête du petit homme pivota vers la voix, ses lunettes noires brillèrent fugitivement sous le lampadaire, son rictus dévoilait toutes ses dents.

Le passant voulut reculer, la main du petit homme

188

décrivit un arc de cercle et le couteau s'enfonça dans son ventre, perforant le péritoine.

La dernière chose que vit l'homme, ce fut ce sourire terrifiant et les dents blanches qui s'approchaient de son cou.

Le petit homme se redressa, gorgé de sang. Il avait bu la force de la proie. Il était de nouveau d'attaque. Tous ses sens en alerte, il enregistra le mouvement furtif sur sa gauche. Quelqu'un, quelqu'un l'avait vu et essayait de fuir. Il mit le moteur, claqua la portière, abandonnant le corps du passant sur le trottoir.

*La vieille, c'est la vieille pute, elle court vers la cabine téléphonique.* Il se dirigea dans sa direction. Elle se retourna, poussa sans doute un cri, car il vit sa vieille bouche s'ouvrir tout grand et, renonçant à atteindre la cabine, elle se mit à courir le long des immeubles silencieux. Il accéléra, lui barrant l'accès au square.

*Je vais t'avoir. Tu peux courir, tu m'échapperas pas. Aussi vif que le tigre, aussi rapide que le loup, aussi rusé que l'ours, je suis le roi des prédateurs.*

La vieille courait d'un pas mal assuré, elle avait abandonné son caddie avec toutes ses possessions et elle ne cessait de crier. Des volets se fermèrent avec un claquement sec. Il arriva à sa hauteur, pencha la tête à la portière et lui sourit, passant sa langue sur ses lèvres d'un air gourmand. Elle lui balança à la tête le sac en plastique plein de pommes abîmées qu'elle tenait à la main.

Il le reçut en plein visage et perdit un instant le contrôle de la voiture, aveuglé. Elle avait cogné fort et il sentit du sang sourdre de son nez. La vieille saleté ! Comme elle allait le regretter. Avant qu'il ait pu redresser, la camionnette grimpa sur le trottoir et buta contre un panneau de stationnement interdit. Il enclencha la marche arrière, furieux. La vieille tourna au coin de la rue, toujours courant et criant. Il se remit en première, accéléra. Un bruit de casserole se fit entendre. Il accéléra encore, tourna dans l'avenue : personne. La vieille charogne avait disparu. Elle allait sûrement téléphoner aux flics. Le bruit de casserole était insupportable.

Exaspéré, le petit homme freina, descendit en courant : le pare-chocs pendait, complètement enfoncé. Il l'arracha d'une secousse, se coupant à la main gauche, le jeta dans la voiture, repartit. Il roulait doucement, attentif aux ombres, aux rues transversales, aux portes cochères. Rien. La vieille truie avait pu se dissimuler n'importe où. À croire qu'il avait vraiment la scoumoune...

Un rai de lumière sur sa droite. Des vociférations. Il se rapprocha. Une grande silhouette qui jette quelque chose dans la rue... Par la vitre ouverte des bribes de voix lui parvinrent :

– Et que je t'y reprenne à venir dormir dans l'escalier ! On n'en veut pas des cloches ici, t'as compris ?!

Le petit homme se lécha les babines. Là-bas, la vieille se relevait, ajustait son bonnet, essayait en vain d'expliquer quelque chose au grand abruti qui la poussait dehors. Elle entendit la camionnette. Sa tête pivota vers lui. Le grand abruti remontait les marches du perron en haussant les épaules. Elle se jeta sur lui, l'agrippant par la taille. Il poussa un juron, essaya de la jeter par terre, mais elle se cramponnait de toute la force de ses vieux doigts maigres et noueux. Il hésita à la frapper. Une fenêtre s'ouvrit :

– C'est pas bientôt fini, ce bordel ?

– C'est une cinglée, elle veut pas me lâcher ! Allez, mémé, ça suffit !

– Attendez, j'appelle les flics !

– Allez, mémé, calmez-vous...

Sans prévenir elle lui lança un coup de genou dans les parties et il se plia en deux. Elle en profita pour se ruer dans l'immeuble. Des fenêtres s'allumaient L'abruti se précipita derrière elle, courbé en deux.

Le petit homme attendait, moteur au ralenti, comme un chat guettant l'assiette de son maître. L'abruti reparut, tenant la vieille à bout de bras. Il la jeta sur le trottoir, elle tenta de se relever, il la poussa, elle titubait au milieu de la rue, en hurlant des imprécations diverses. C'était la chance à saisir. Le petit homme accéléra à fond et lança la camionnette droit sur elle. La vieille femme s'éleva dans les airs comme une poupée rejetée par un enfant capricieux et retomba lourdement sur le trottoir. L'abruti faisait de grands gestes, s'arrachait les cheveux. Le petit homme vira rapidement sur la droite. Au loin, il entendit une sirène.

Arrivé devant chez lui, il coupa le contact. Ils allaient rechercher une camionnette bleue. Il y en avait des tas, de camionnettes bleues. Mais ils allaient fatalement remonter jusqu'à lui, petit à petit, comme les vers obstinés qu'ils étaient, acharnés à creuser des galeries dans les chairs putrides de la « vérité ».

Marcel Blanc, Jeanneaux, les docteurs, tous munis de lampes frontales pour regarder au fond de son âme, pour en extirper la saveur, pour la dévorer.

Il repensa à sa livraison, à la tête qu'avaient dû faire Jeanneaux et Marcel. Si seulement il avait pu les photographier, les filmer, se repasser au magnétoscope leurs visages stupéfaits, horrifiés, désespérés... Le meurtre avait son inconvénient : l'incognito.

Un peu plus loin, sur le trottoir sombre, la tache claire d'un corps se dessinait, chemisette et short blancs, allongé sous la nuit comme un peu de gelée de lune tombée à terre. Il ne le voyait pas. Un élément du décor. Un cadavre.

Les idées du petit homme n'étaient pas très claires. La rage submergeait tout. Chacun de ses doigts se transformait en un rasoir tranchant et se crispait sur ses genoux. Il se fit violence pour descendre de la camionnette et rentrer chez lui. Puis soudain l'idée le frappa et il fit demi-tour.

# CHAPITRE 14

Marcel reposa l'épais dossier sur le bureau de Jean-Jean et but une gorgée de café tiède. Madeleine était morte, il buvait du café, et il trouvait que ça manquait de sucre. La vie était cynique.

Il pointa l'index vers Jeanneaux.

– Le meurtrier vous connaît.

– C'est aussi mon opinion, acquiesça celui-ci, plongé dans ses papiers.

– Il est au courant de nos déplacements, de nos projets, reprit Marcel. Il s'amuse avec nous, il nous provoque. Pourquoi ? Il en sait suffisamment sur vous pour connaître votre bagnole, votre numéro de téléphone, votre adresse...

– Exact. Conclusion ?

– J'essaye de comprendre. Si on reprend la piste labos/camionnettes, on trouve deux types qui ne peuvent pas être le tueur.

– Le gosse de votre copine vous a peut-être mené en bateau...

– Peut-être. J'ai un de ces mal au crâne.

– Vous voulez un cachet ? Il doit y avoir de l'aspirine dans le tiroir de Mélanie.

– Qu'est-ce que je vais dire aux enfants ? murmura

193

Marcel en avalant distraitement un cachet qu'il fit passer avec le fond de café.

Jean-Jean fit semblant de n'avoir rien entendu. Aucune envie de consoler un veuf éploré. Il avait toujours été mal à l'aise face aux manifestations de détresse.

Le téléphone sonna, le délivrant momentanément du chagrin de ce pauvre Blanc.

– Allo ?... Quand ça ?... Attends... (il détacha une feuille de son bloc), répète... OK !

Il raccrocha.

– Une vieille femme a été renversée par une Express Renault bleue. Le type qui a appelé prétend que la camionnette a carrément foncé sur la vieille, volontairement. On y va, conclut-il.

Il boucla son holster, enfila un léger blouson coupevent. Marcel suivit. Un autre soir, il aurait été fou de joie de suivre enfin une enquête. Là, ça lui semblait tout simplement normal. Il songea à Nadja qui ne savait pas que Madeleine...

Ils arrivèrent rapidement sur les lieux. Une vieille femme gisait sur la chaussée, le crâne éclaté. Un grand type à l'air abruti ne cessait de s'excuser auprès de tout le monde :

– Si j'avais su, je l'aurais pas foutue dehors, si j'avais su...

Jean-Jean lui tapa sur l'épaule.

– Capitaine Jeanneaux. Vous pouvez m'expliquer ce qui s'est passé ?

Marcel s'approcha du corps. Deuxième (ou devait-il dire troisième ?) cadavre de la journée... Mais les flics qui faisaient le relevé des traces de pneus lui demandèrent de s'écarter. Il aperçut vaguement un drap blanc jeté sur une forme aux angles étranges, revint vers Jean-Jean.

– C'est incompréhensible, lui lança ce dernier. La vieille avait essayé de dormir dans la cage d'escalier. Le concierge l'a foutue dehors, ils se sont bagarrés et brusquement une camionnette lui a foncé dessus. Et hop, passez muscade ! Tous les témoins sont d'accord avec cette version.

– Si c'est notre homme, il est devenu fou, marmonna Marcel avec appréhension.

– Vous ne pensez pas qu'il l'était déjà un peu, non ? grogna Jean-Jean en allumant son avant-dernière clope.

Les ambulanciers chargeaient le corps dans son sac en plastique gris. Le gyrophare lançait des lueurs de boîte de nuit sur la scène, lui donnant un air irréel.

Marcel et Jean-Jean marchaient lentement. Jean-Jean fumait. Marcel s'immobilisa.

– S'il a tué Georges, c'est parce que Georges avait découvert quelque chose.

– Georges ? Il était même pas foutu de trouver le trou de sa serrure.

– Écoutez, on a un type dont on est presque sûr qu'il a bossé dans un labo ou pour un labo où l'on pratiquait la vivisection. Ce type était ou avait été en contact avec Martin. Il a tué Martin parce que Martin risquait de nous mener jusqu'à lui. Et il a tué Georges pour la même raison. Parce que Georges avait découvert qu'il avait tué Madeleine !

– Et pourquoi aurait-il tué Madeleine ?

– Parce qu'il était son amant, peut-être ? avança Marcel en se posant lui-même la question.

– Blanc, vous parlez de votre femme ! protesta Jean-neaux sans conviction.

Marcel fit la grimace :

– Arrêtez cette comédie, vous voulez bien ?

– Blanc, vous commencez à m'énerver, s'emporta Jeanneaux qui commençait à en avoir plein le dos de ces jérémiades.

– Je devrais vous foutre mon poing sur la gueule, énonça Marcel comme s'il constatait un fait.

– Vous déraillez complètement !

À ce moment-là, un des agents s'approcha. Il tenait un objet qu'il faisait tourner entre ses doigts. Jean-Jean se retourna, aboya :

– Quoi ?

– L'ambulance a fini, capitaine. On peut y aller ?

– Ouais.

L'agent tendit le bonnet de laine rayé à Jean-Jean.

– C'était tombé sur la chaussée.

Marcel bouscula Jean-Jean et se mit à courir vers la voiture.

– Bon sang, chef, vite !

– Qu'est-ce qui vous prend ?

– Vite, nom de Dieu, je crois qu'on le tient !

Jean-Jean hésita un bref instant, puis courut derrière Marcel qui s'était installé au volant.

– Les clés !

Jean-Jean lui lança les clés. Marcel mit le moteur en route. Jean-Jean n'eut que le temps de s'asseoir, Marcel démarra en flèche.

Pensées décousues tout en conduisant comme un fou jusqu'au square. Le bonnet rayé de la vieille qui lui avait dit avoir vu Madeleine essayer d'entrer chez Paulo ! Paulo, l'enfoiré ! Paulo avec son sourire de fouine, ses yeux de rongeur. Délit de physionomie, agent Blanc. Paulo, enculé de ta mère, si c'est vrai, je

196

te ferai passer le goût de... De quoi, au fait ? De tuer des gens pour les coudre ensemble ? Marcel pila net. Ils étaient arrivés.

Jean-Jean n'avait rien dit. Indifférent aux cahots, il fumait, impassible, le coude à la fenêtre. Il tapota sa cendre et se tourna vers Marcel, impérial.

– Alors, Blanc ? J'attends vos explications.

– Il habite juste là derrière.

– Précisez.

– C'est un peu compliqué.

Marcel se rangea doucement à dix mètres du portail, feux éteints. La camionnette n'était pas en vue.

– Vous avez un flingue pour moi ? demanda-t-il à Jean-Jean.

– Dans la boîte à gants. Mais je...

– OK, on y va.

Avant que Jean-Jean ait pu protester, il ouvrit sans bruit sa portière et descendit. Pas d'autre choix que de l'imiter. Marcel poussa la grille vermoulue : fermée à clé. Ils l'escaladèrent rapidement, puis, pliés en deux, coururent sans bruit jusqu'à la porte d'entrée. Jean-Jean se voyait déjà se faire retirer sa plaque. Marcel se pencha vers lui, chuchota :

– Je fais le tour par-derrière. On compte jusqu'à 10 et on entre.

– Blanc, si vous me faites faire une connerie...

– Faites-moi confiance, merde !

Sans attendre la réponse de Jean-Jean, Marcel courut jusqu'à la fenêtre de la cuisine. Son cœur battait à tout rompre. Dans la maison, tout était sombre. Il compta jusqu'à 10 puis glissa la main dans le trou de la vitre et tourna l'espagnolette. La fenêtre s'ouvrit. La voix de Jean-Jean s'éleva :

– Police ! Ouvrez immédiatement !

Pas de réponse. Marcel avança sans bruit sur le carrelage gluant de la cuisine. Gluant ? La sueur l'aveuglait et il n'osait pas s'éponger le front. Le bruit de la porte qui s'ouvre à la volée. Marcel faillit sursauter. Le faisceau d'une lampe de poche découpant des volutes de poussière. Marcel atteignit le chambranle de la porte. Une respiration oppressée dans le salon. Une seule respiration. Il appela à mi-voix :

– Chef ?

– Ouais.

Jean-Jean éclaira. Le salon était vide. Marcel et lui avancèrent lentement jusqu'à la salle de bains. La porte était grande ouverte et il n'y avait personne. Restait la chambre. Marcel couvrit Jean-Jean tandis que celui-ci ouvrait le battant d'un coup de pied. Rien. La baraque était déserte.

Jean-Jean rengaina son arme.

– Bon, si on s'expliquait un peu. On est où, là ?

– Il s'est barré. Il faut le retrouver. C'est lui qui a tué Madeleine.

– Comment le savez-vous ?

Marcel soupira longuement.

– C'est un copain à moi. Cet après-midi, je suis venu ici, lui demander s'il avait vu Madeleine. Il m'a dit que non. On a un peu haussé le ton. En partant, une vieille cloche m'a arrêté. Elle m'a dit que Madeleine était venue ici, hier, qu'elle était entrée par la fenêtre de la cuisine. Je suis revenu sur mes pas. Il m'a dit qu'il avait menti pour couvrir Madeleine. Qu'elle était venue ici à son insu, récupérer des photos.

– Quel genre de photos ?

– À votre avis ? Des photos d'elle et de son amant.

– Vous le connaissez, l'amant ?

– Oui.

– Qui est-ce ?

– Vous.

Jean-Jean s'immobilisa.

– Ce type vous a dit que moi et votre femme...

– Oui.

– Et vous l'avez cru ?

– Oui.

– Qu'est-ce qui vous a fait changer d'avis ?

– La vieille. C'est elle qui s'est fait écraser.

– Merde !

– Elle était près d'ici cet après-midi et elle est morte, reprit Marcel. Madeleine est venue ici et elle est morte. Georges est allé au garage et il est mort.

– Au garage ? Vous voulez dire que nous sommes chez un des mécaniciens du garage Palace ?

– Exact.

– C'est pour ça que notre tueur savait tant de choses sur moi !

– Et il a une Express bleue.

– Son nom ?

– Paulo, Paul Contadini.

– Le nom de bagnole ! cria Jean-Jean en se tapant sur le front.

– Quoi ?

– Le clodo que Costello a ramené hier, il disait qu'il avait bossé avec un sadique, un type qui avait un nom de bagnole : Paulo ! Je vais lancer un message.

Jean-Jean sortit rapidement, brancha l'émetteur radio et diffusa le signalement de Paulo, avec ordre de dresser des barrages aux diverses sorties de la ville.

– On ne sait pas combien d'avance il a sur nous. À votre avis, Blanc ?

– La vieille est morte vers une heure... Il est presque deux heures...

– Vous le connaissez. Où est-ce qu'il a pu aller ?

– Je ne sais pas.

Une angoisse sourde barrait la poitrine de Marcel. L'image de Nadja s'imposa à lui. Puis celle de Momo. Momo enfermé dans la canalisation. Par le type à la camionnette. Par Paulo. Il composa un numéro en hâte.

– Qu'est-ce que vous faites ?

– Je dois appeler quelqu'un.

Le numéro de Nadja sonnait, interminablement. Marcel raccrocha, les mains tremblantes.

Il mit Jean-Jean au courant, brièvement. Celui-ci hocha la tête et démarra. Marcel ferma les yeux, laissant le vent tiède lui fouetter le visage, les dents obstinément serrées.

Jean-Jean freina devant l'immeuble de Nadja. Marcel était déjà dehors, arme au poing. Il grimpa les escaliers quatre à quatre. Sonna. Pas de réponse. C'est alors qu'il remarqua que la porte était entrebâillée. Un frisson le traversa. Il revit la porte entrouverte de l'appartement de l'obèse. La chambre tapissée de sang.

Jean-Jean le rejoignit, essoufflé. Marcel lui désigna la porte, d'un geste du menton. Jean-Jean lui pressa l'épaule et rabattit la porte violemment contre le mur, jambes écartées, en position de tir. La pièce était vide. Sur la table basse, les verres à thé étaient renversés.

Il n'y avait aucun bruit. Aucun souffle. Aucun ronflement. Marcel avança jusqu'à la deuxième pièce. La mort, la mort était là. Une chambre de femme. Le lit était défait, mais vide. Marcel serra les doigts sur la crosse de son arme. Ils suivirent le couloir. Quelque part dans l'immeuble, quelqu'un écoutait du rap. Une mobylette démarra en pétaradant dans la cour.

Une porte blanche sur laquelle il y avait la photo de Momo en train de dormir. Jean-Jean poussa la porte. Elle résista. Il poussa encore. Lentement, comme une feuille tombée d'un arbre, une main apparut dans l'interstice. Une main âgée et brune, aux ongles ras, aux doigts calleux.

Marcel se rua en avant. Le corps du vieil arabe bloquait la porte. De sa gorge tranchée s'était échappé un flot de sang. Vision quasi familière. Le petit lit d'enfant était vide. La pièce était sens dessus dessous. Les boules en métal d'un jeu de pétanque avaient roulé en tous sens. Marcel se retourna. Son cœur s'arrêta. Au pied du lit, Nadja, à plat ventre. Il la retourna avant que Jean-Jean ait pu intervenir. Yeux clos, lèvres entrouvertes, une grosse ecchymose sur la tempe, du sang sur ses doigts. Il posa la main sur son cœur.

– Elle vit.

Ses doigts cherchaient l'origine du sang. Une plaie derrière la tête.

Jean-Jean était déjà au téléphone. Marcel l'entendait parler, phrases brèves, cent fois entendues.

Nadja ouvrit les yeux. Son regard trouble sembla errer sur les choses sans les reconnaître puis se fit net peu à peu. Marcel !

– Marcel !

L'ambulance va venir.

– Il a pris Momo !

– On va s'en occuper. Ne t'en fais pas

Nadja essaya de se redresser.

– Reste allongée.

– Je n'ai rien, protesta-t-elle. Il a... il a tué Ahmad !
Il l'a tué et il a pris Momo !

Marcel ramassa une des boules, tachée de sang. Les
yeux grands ouverts du vieillard le fixaient. Il abaissa
les paupières doucement. Nadja s'était assise et,
appuyée au lit, tentait de se lever.

Marcel la prit dans ses bras. Jean-Jean les dévisagea
sans rien dire. Puis, désignant le vieillard, il demanda :

– Qu'est-ce qui s'est passé ?

– Je me suis réveillée en entendant du bruit, puis un
cri. J'ai couru jusqu'à la chambre de Momo. Il y avait
cet homme, il tenait Momo par le cou et Ahmad essayait
de l'en empêcher et il a levé le bras et Ahmad s'est
écroulé, le sang giclait partout, je me suis précipitée sur
lui, je l'ai frappé, il a lâché son rasoir, je me suis pen-
chée sur mon beau-père, j'ai senti un grand choc derrière la tête et puis plus rien. Pauvre Ahmad, il criait :
« Laisse mon enfant, laisse-le ! » Il va le tuer, n'est-ce
pas ? Il va tuer Momo...

Marcel pensa que Ahmad, la gorge tranchée, s'était
quand même traîné jusqu'à la porte pour retenir
l'homme qui emportait son petit-fils. Mais la porte
s'était refermée sur son désespoir pour toujours.

– Pourquoi est-ce qu'il ne m'a pas tuée, moi ? hurla
encore Nadja.

– Pour que tu souffres, lui répondit Marcel, pour que
tu en crèves.

Jean-Jean se gratta le tête.

– Georges avait découvert quelque chose sur ce
Paulo. Il en a parlé à Marron. Il faut aller aux archives.

– Il faut surtout le retrouver.

– Il y aura peut-être un détail qui nous mettra sur la

piste. S'il a enlevé le gosse, c'est qu'il veut s'en servir. Le monnayer.

— Il sait qu'il est foutu. Il n'a plus rien à perdre, objecta Marcel.

— Personne n'aime s'avouer vaincu. Rejoignez-moi là-bas.

À cette heure-là, il n'y avait personne aux archives. Jean-Jean fractura tranquillement la porte.

C... Compaux, Consigli, Constand, Contadini... Le dossier tenait dans une mince chemise d'un bleu passé. Il l'ouvrit. Lut les quelques pages jaunies. Le referma. Maintenant il comprenait. Pauvre vieux Georges, victime de sa trop bonne mémoire.

Un bruit de pas dans l'escalier. Marcel apparut, suivi de Nadja, la tête sommairement bandée.

— Alors ?

Jean-Jean lui tendit le dossier sans répondre. Marcel et Nadja le parcoururent. La déposition du gamin avait été difficile à obtenir, il était en état de choc, grognait et essayait de mordre ceux qui l'approchaient. Il avait été confié à un établissement de soins et le psychiatre avait diagnostiqué un état délirant.

— L'amant de la mère est mort foudroyé ? s'étonna Nadja.

— Ça arrive, laissa tomber Jean-Jean, mais ce n'est sûrement pas la foudre qui avait emmené une hache dans la chambre ! Bon Dieu, quel est le con qui s'est occupé de ce dossier ?

Marcel relut rapidement le procès-verbal : effectivement, on avait trouvé les restes à demi fondus d'une hache, près des ossements de l'homme. Il rendit le dossier à Jean-Jean.

– Vous croyez que...

– Je ne sais pas. Un homme, une femme, un enfant. L'homme meurt, la femme meurt, l'enfant survit en dévorant sa propre mère... Et il y a une hache sur le lit. Une nuit d'orage.

– On dirait un film d'horreur, dit Nadja.

– L'avantage d'un film d'horreur, c'est que ça a une durée limitée.

– Cette baraque qui a brûlé, il en reste quelque chose ? demanda soudain Marcel.

– La Palombière ? Je ne sais pas. On va aller voir. J'ai noté l'adresse. Pour l'instant, notre homme n'a été signalé nulle part.

– Il est passé avant qu'on installe les barrages.

– Je ne sais pas si vous ne feriez pas mieux de rester ici, poursuivit Jean-Jean en s'adressant à Nadja.

– Laissez-moi venir. Si Momo doit mourir, je veux être là. Laissez-moi une chance de le sauver, cette fois-ci.

Jean-Jean haussa les épaules. Il décrocha le téléphone.

– Appelle-moi Costello et Ramirez. Qu'ils me rejoignent au Tanneron. 65 chemin des Grenouillers. Villa la Palombière. Non, pas de fourgon. Qu'ils soient discrets. Feux éteints, arrêt cent mètres avant.

Il raccrocha, se retourna vers Marcel et Nadja.

– Bon, on y va ?

# CHAPITRE 15

La nuit était lisse et parfumée comme un pétale de rose, chaude et douce comme une caresse de chat.

Mais pour Momo, la nuit était brûlure. Le petit homme le serrait contre lui, il le tenait par le cou, l'avant-bras replié sous son menton, l'étouffant à moitié. Les pieds de Momo touchaient à peine le sol. Son petit cœur battait sous sa veste de pyjama. Il avait terriblement envie de faire pipi et craignait de ne pouvoir se retenir encore longtemps.

L'homme l'avait emmené dans la campagne. Une campagne toute noire, sans lune, sans oiseaux, pas du tout comme à la télé. Le chant incessant des grillons lui faisait peur, comme si une armée d'ogres cachés dans les arbres aiguisait ses longs couteaux.

Le cinglé l'avait traîné hors de la camionnette, les herbes piquantes lui avaient griffé les mollets et maintenant ils étaient cachés derrière un mur à moitié écroulé, dans une maison en ruine. La voix rauque d'un crapaud se fit entendre tout près et Momo frémit en imaginant sa langue baveuse lui lécher les pieds.

Le petit homme marmonnait entre ses dents des paroles incompréhensibles d'une voix grinçante. Il n'avait pas quitté ses lunettes de soleil, malgré la nuit noire. Au bout de sa main droite brillait la lame du rasoir qui avait coupé la gorge de Pépé. En pensant à Pépé, Momo faillit éclater en sanglots. Pépé, il était mort comme dans un feuilleton, en criant, et puis les yeux tout à l'envers.

Il fallait qu'il fasse pipi !

– J'ai envie de faire pipi, articula-t-il distinctement.

L'homme resserra sa pression.

– Tais-toi !

– Mais j'en peux plus, faut que j'y aille...

– Moi aussi, j'ai envie de faire pipi, dit brusquement le petit homme avec une drôle de petite voix.

Il lâcha Momo qui se massa le cou. Le petit homme s'accroupit et se mit à marcher drôlement en canard.

– Paulo aussi a envie de faire pipi. Mais il a peur dans le noir.

– Moi aussi, j'ai peur dans le noir, lança Momo aimablement.

Peut-être que le monsieur était fou comme les fous dans les cassettes vidéo, chez son copain Éric. Momo savait qu'il fallait leur parler gentiment, comme si on voyait pas qu'ils étaient fous.

– Tu y as jamais été dans le noir, dans le vrai noir, jeta l'homme rageusement, le rasoir brillant au bout de ses doigts.

– Non, jamais, j'y ai jamais été. Ça doit faire trop peur... Faut pas aller dans le noir.

– Ta gueule, p'tit con ! Le noir c'est plein de dents, des dents qui te mâchent, qui t'avalent, qui te sucent les os...

Momo se sentit tout mou. Il devait faire pipi immédiatement. Trop tard. L'urine coulait le long de ses jambes brunes. Le petit homme avait déboutonné son jean et se soulageait contre le mur. On entendit, très loin, le bourdonnement d'une voiture. Le petit homme se reboutonna rapidement, saisit Momo par le cou, le plaqua contre lui.

— Mais tu t'es pissé dessus, petit salaud !

— Pardon, m'sieur, pardon !

— La prochaine fois, je te la coupe, t'entends ?

— Je le ferai plus, plus jamais... plus jamais !

— Tais-toi, bon sang !

L'homme lui asséna un grand coup de poing sur la tête. Les larmes jaillirent des yeux de Momo, malgré lui. Il revit les yeux si tristes de Pépé et le sang rouge qui coulait partout. Quand il serait grand, il prendrait un fusil et il tuerait le petit homme. Il le tuerait de toutes ses forces.

La voiture se rapprochait. Le petit homme se mit à grincer des dents, ça faisait un drôle de bruit dans la nuit, un bruit pas du tout rigolo.

Jean-Jean coupa le moteur, éteignit les phares. Une rafale de vent agita les oliviers près d'eux, faisant courir des reflets d'argent sur la route. Le chant des grillons fit songer Marcel au pique-nique de dimanche. Comme c'était loin ! Nadja, à l'arrière, ne disait rien. Marcel se tourna vers Jean-Jean.

— Qu'est-ce qu'on fait ?

— On va voir s'il y a sa voiture. Il faut agir très très doucement. Il a le gosse avec lui.

— Merci, on le sait ! coupa Nadja.

Jean-Jean la regarda, surpris. C'était son gosse à lui qui avait été assez con pour se faire enlever par un fou, peut-être ?

– Pourquoi vous appelez pas des renforts ? jeta-t-elle encore. Le GIGN ou un truc de ce genre...

– Si on l'affole, votre fils est mort, OK ? Alors, laissez-nous régler ça à notre manière.

Marcel s'était glissé hors de la voiture, sans bruit, arme au poing... Jean-Jean descendit à son tour.

– Ne bougez pas, souffla-t-il à Nadja.

Elle acquiesça en silence, les traits tendus.

Ils avançaient le long du chemin, attentifs à ne pas faire craquer de branches et aux mouvements furtifs de la nuit.

Derrière eux, un véhicule stoppa.

– Ramirez et Costello, murmura Jean-Jean.

Il s'arrêta près d'un cyprès. Marcel écoutait l'ombre. Des pas rapides. La masse haletante de Ramirez se découpa près d'eux, suivie de la mince silhouette de Costello.

– Qu'est-ce qui se passe ? demanda Ramirez.

– Chuut ! Voilà la situation.

Jeanneaux leur expliqua rapidement le topo.

– On aurait dû avertir les gendarmes, fit observer Costello.

– Ramirez, tu surveilles les bagnoles, ordonna Jeanneaux sans répondre. Tu ne bouges pas d'ici. Blanc, vous me suivez. Costello, tu nous couvres, vingt pas en arrière. Quand on sera arrivés à la bâtisse, tu prends le porte-voix. Et tu te planques. Blanc, on y va.

Ramirez couva Marcel d'un regard rancunier. Depuis quand les uniformes galopaient-ils arme au poing aux côtés des gradés ? Et lui, que devait-il faire ? La circulation, sur cette route déserte ?

Les lumières de la ville en contrebas scintillaient

dans un halo de nuages. Un coup de tonnerre résonna, derrière les montagnes. Le vent se fit plus violent. Des feuilles couraient sur le sol.

Marcel et Jean-Jean longeaient le mur de la propriété, mètre après mètre. Le tonnerre résonna encore, plus près, et un éclair gigantesque fracassa le ciel au-dessus de la mer. L'air sentait la pluie. L'orage était proche.

Les ruines de la bâtisse calcinée s'élevaient à quelques mètres. Sous un grand platane, une camionnette bleue. Marcel ne la vit qu'en butant dedans. Elle était vide.

Costello ne se sentait pas tranquille. Il n'aimait pas la campagne. Trop calme. Ni les vaches, ni les fermières. Trop calmes aussi. Il avait besoin de la rumeur de la ville, des expressos serrés, de la fumée des pots d'échappement. Pour lui, la campagne, c'était comme une planque dans un cimetière. Il s'attendait presque à voir un vampire surgir de tout ce sombre, suivi d'une cohorte de créatures hâves et avides. « Ont les crocs » en six lettres. En plus, il avait tellement soif qu'il avait mal chaque fois qu'il avalait sa salive. Il marcha sur des brindilles qui craquèrent sinistrement. Évoqua avec délice l'odeur du macadam fondu en plein midi.

Le petit homme suait abondamment. Son odeur aigre et forte gênait Momo. Il avait trop chaud, trop soif, trop peur. Le petit homme ne grinçait plus des dents, mais il respirait fort et vite et Momo sentait son cœur cogner sous la peau, contre son oreille. Il pensa, le plus fort possible : Le flic va venir et le tuer, le flic va venir et le tuer... Il imagina le petit homme écrabouillé sous la chaussure géante de Marcel, liquéfié comme un monstre de dessin animé, transformé en gelée vert vomi, et cette pensée lui apporta un peu de réconfort.

Le petit homme se déplaça de cinquante centimètres, traînant Momo avec lui. Par une ouverture dans le mur en ruine, il pouvait surveiller les abords de la propriété. Le vent mugissait violemment, en courtes rafales, ébouriffant les arbres, ployant l'herbe sèche.

C'est une chance que le vent se soit levé, pensa Marcel en avançant courbé en deux, pas après pas. Avec le vacarme que ça fait, il ne peut pas nous entendre. Jean-Jean avait disparu au coin d'un mur. Marcel dépassa une vieille boîte aux lettres à demi calcinée où l'on pouvait encore lire *La Palom*... Les maisons les plus proches étaient distantes d'au moins cinq cents mètres. Un éclair illumina encore la baie, très loin en contrebas. Marcel se sentait trempé de sueur comme au sortir d'un hammam. Il était sûr que Paulo était quelque part là derrière ces ruines. Avec Momo. Il avait certainement enlevé Momo pour s'en servir comme monnaie d'échange contre sa liberté. Mais combien de temps son esprit raisonnerait-il encore de manière logique ? Le monstre en lui pouvait prendre le dessus n'importe quand et réduire Momo en charpie.

Jean-Jean s'immobilisa sous la décharge blanche de l'éclair. Il craignait que sa silhouette ne se découpe à contre-jour. La chaleur se faisait de plus en plus lourde. Le vent charriait des paquets de poussière sèche et brûlante. Le vent du sud, pensa Jean-Jean, le vent du sud chargé de sable. Une lourde goutte s'écrasa mollement sur son bras nu. Il souhaita avec violence des paquets de pluie furieuse, un déluge irrésistible qui lui permettrait de bondir au cœur des ruines dans le vacarme et l'opacité.

Une goutte lourde s'écrasa sur le visage du petit homme, roula sur sa joue crispée, jusqu'au coin de la bouche retroussée dans un rictus permanent. Il battit des cils, troublé.

Il va pleuvoir, pensa Momo avec un obscur soulagement, il va y avoir un gros orage. Il aimait bien les orages. Écouter l'orage bien au chaud dans le lit de Maman. Maman. Des larmes lui montèrent aux yeux, il hoqueta. Le petit homme se baissa vers lui, colla sa bouche à son oreille :

– Tu les entends, tu les entends, les vers gluants, les vers rampants, ils arrivent, tu vas voir, ils vont grimper le long de tes jambes, se coller contre tes lèvres, entrer dans ta bouche par paquets grouillants, chut, tais-toi, sinon ils te dévoreront. Tu ne sens pas comme ça pue ? Tu ne vois pas comme il fait noir ? Le sang coule sur nos têtes, tu le sens qui coule ?

Momo cligna des yeux, étouffé par la main puissante. Il battit des jambes désespérément pour se dégager mais en vain. L'orage creva d'un coup, noyant tout de pluie.

La pluie ! Marcel s'élança sous le déferlement d'eau que les rafales de vent lui projetaient au visage. Il tourna au coin du mur d'enceinte. Stoppa net. Les ruines de la maison, s'élevant à mi-corps d'homme environ, composaient une sorte de labyrinthe. Chaque pan de mur pouvait abriter la mort.

Protégé par un muret en pierre, Marcel, accroupi, essayait de percer le déluge. Un frottement sur sa droite. Il pivota aussitôt, prêt à tirer. La silhouette courbée de Jean-Jean se détacha sur fond d'éclair. Il se faufila jusqu'à lui, un doigt sur les lèvres. Arrivé contre Marcel, il chuchota :

– Il faut prendre la baraque en tenaille. Je prends à

211

droite, vous à gauche. Costello va lui faire les sommations d'usage. Prêt ?

– Prêt.

– Allons-y !

D'un bond souple, Jean-Jean se jeta dans les hautes herbes, rampant sous les arbres. Marcel l'imita. Le sol devenait rapidement un bourbier spongieux. Il avait l'impression de jouer dans un film de guerre. Il rêva une seconde que l'aviation intervenait, tandis que les feux croisés de la DCA illuminaient le ciel. Mais il n'y avait que la pluie tiède et crépitante.

La voix de Costello résonna soudain, emportée par le vent, déformée par le porte-voix, ridiculement humaine dans la tourmente :

– Contadini, lâche l'enfant et sors de là, les mains sur la tête. Tu es encerclé. Ne fais pas l'imbécile.

Le petit homme eut un brusque sursaut, comme si on l'avait mordu. La rage durcissait ses traits, lui donnant la sensation que du marbre infiltrait sa chair. Un filet de bave coulait au coin de ses lèvres trop rouges. Il leva le rasoir. Momo ferma les yeux.

La pluie dégoulinant sur le visage du petit homme l'empêchait de voir, et il ne pouvait s'essuyer le front sans lâcher Momo ou baisser sa garde.

Il ne fallait pas qu'il les laisse s'approcher assez près pour le descendre. Il avait un avantage : il connaissait le terrain comme sa poche.

*Là, juste là où je suis, il y avait le grand salon. Derrière moi, la cheminée, et la grosse télé sur la droite, près du canapé en skaï vert. Avant d'arriver au salon, il fallait suivre le couloir, avec les chambres de chaque côté. À droite du salon, le bureau de Papa, fermé depuis sa mort en Algérie. À gauche, la salle de bains. Ma maison. Ma maman. La chambre de ma maman. Pleine de la Bête. Du rire de la Bête, de l'odeur de la Bête, Maman assise sur Pierrot, soudée à lui, comme cousus ensemble.*

La voix qui criait dans la nuit s'était tue. Le petit homme tourna vivement la tête en tous sens. Le silence soudain ne lui plaisait pas. Loin de décroître, la pluie redoublait de violence. Un de ces furieux orages d'été, soudains comme un coup de folie et aussi dévastateurs. La panique montait en lui avec le crescendo des éclairs. La foudre...

Il sentit soudain la chaleur du feu aussi vivement que si le mur s'était mis à brûler. La foudre avait frappé juste après qu'il eut réglé son compte à la Bête-Pierrot. La course éperdue dans la maison en flammes. Les rideaux, torches vives aux fenêtres. La porte inaccessible, le couloir transformé en langue de feu par les belles tentures en lin. La cuisine rustique en bois, flambant comme une bûche. La cave ! Soulever la trappe, si lourde, tirer de toutes ses maigres forces à s'en faire péter les muscles.

Maman ! Maman encore hurlante de ce qui venait de se passer dans la chambre, Maman à la bouche de vipère assommée par le gros bahut qui s'était renversé et qui se consumait sur son visage dans une odeur de chair brûlée. Il l'avait tirée par les pieds, traînée jusqu'à la trappe. Poussée dans l'escalier. *La fumée. Peux pas respirer. Quintes de toux. La peau gonfle sur les mains, sur les jambes, cloc cloc cloc, le visage.* Le silence sombre de la cave. La dalle en ciment s'était refermée en claquant au-dessus de sa tête comme les murs de la cuisine s'écroulaient. *L'escalier glacé. Si froid après la fournaise. La nuit. Totale. Descendre l'escalier à quatre*

213

*pattes, en bas il y a quelque chose. De la peau brûlante.*
*Maman. Maman, réveille-toi ! Il ne nous embêtera plus*
*jamais. Je resterai toujours avec toi. Je serai ton petit*
*homme, comme avant. Tu entends ?! Tu entends ?* Le
visage de Maman, tout poisseux, avec des morceaux
qui partent. Maman. Qui ne bouge plus. Plus du tout.

Il tremblait comme une feuille et Momo se demanda
si le petit homme avait froid. Pourtant la pluie était
tiède. Une tache blanche dans l'herbe. Momo cligna
des yeux. La tache bougeait. Elle rampait dans l'herbe,
puis disparut derrière un tas de pierres. Un fantôme ?

La voix jaillit du porte-voix. Elle avait changé de
direction et le petit homme se retourna d'un bond.

– Contadini, sors de là. On ne te fera pas de mal. Tu
as ma parole d'officier de police. Laisse le petit et sors,
les mains sur la tête.

Pendant que Costello parlait, Marcel et Jean-Jean
progressaient rapidement. Brusquement, Marcel eut une
idée. Profiter du vacarme du vent et de la pluie pour
grimper dans un olivier. De là, il aurait une vue
d'ensemble de la situation. Il ignorait si Paulo était
armé. Prononcer, même mentalement, le nom de Paulo
lui était pénible. Il n'arrivait pas à croire, à croire réellement, qu'il s'agissait du même Paulo avec qui il bla-
guait tous les jours.

Il commença à se hisser péniblement le long du tronc
humide, offrant une cible sans défense, les épaules crispées dans l'attente du coup de feu ou du cri de Momo.
Mais rien ne se produisit et il opéra un rétablissement
sur le faîte, camouflé par l'épais feuillage argenté.

Le petit homme réfléchissait à toute vitesse.

*Ils ne donnent pas l'assaut parce qu'ils savent que*
*j'ai le gosse. Ils ne donneront pas l'assaut tant que*

*j'aurai le gosse. Mais ils vont essayer de me coincer, tout doucement, et pan, me tirer une balle dans le crâne. C'est ce qu'ils veulent tous depuis le début, m'ouvrir le crâne, pour y plonger leurs doigts sales. Mais je ne me laisserai pas faire.*

Il se cala, dos au mur, Momo en bouclier devant lui.

– Si vous avancez d'un pas, je lui tranche la gorge ! hurla le petit homme de toute la force de ses poumons.

Sa voix perça faiblement l'orage. Jean-Jean cessa de ramper. Costello porta la main à son arme. Marcel scrutait l'obscurité dans la direction de la voix. Une tache blême, là-bas, près du mur ?

Momo se débattait comme un diable. Les doigts du petit homme glissèrent contre ses lèvres. Dans un sursaut il planta ses petites dents dans la chair, déterminé à en arracher un bout. Paulo essaya de dégager sa main, mais Momo tenait bon. Son premier mouvement fut d'abattre le rasoir sur le gosse mais il se contint à grand-peine. Il en avait encore besoin. Un éclair éclata, tout près, illuminant la scène.

Marcel les avait vus. Il se mit en position de tir. Impossible de viser à travers toute cette pluie. Et le gosse était trop près. Mais vivant. Indéniablement vivant.

Costello attendait, appuyé contre un arbre, son arme à la main, le porte-voix à bout de bras. Il était trempé et glacé. Il avait horreur des éclairs, du tonnerre, toute cette gesticulation cosmique. Et si la foudre tombait sur l'arbre ? Il s'avança d'un pas sous l'averse. Et si le psychopathe surgissait par-derrière ? Il recula de deux pas sous l'arbre. Bienheureux Ramirez, au chaud dans l'auto !

Ramirez n'était pas au chaud. Tête nue sous l'averse, il scrutait la nuit avec anxiété.

Un éclair succéda au premier. Marcel écarquilla les yeux. Plus personne ! Il se laissa dégringoler de l'arbre. Courut en zigzag jusqu'au mur. Jean-Jean jaillit, arme braquée sur sa tête : « Halte ! Police ! », puis, reconnaissant Marcel, baissa le bras.

– Il a foutu le camp ! lui cria Marcel.

Ils se mirent à courir, sautèrent le mur d'enceinte. Costello faillit tirer.

– Bon Dieu, prévenez ! Un peu plus et vous étiez morts !

– Il s'est barré !

Marcel courait sur le chemin, longues foulées précipitées. Il entendait le souffle court de Jean-Jean et loin derrière les pas de Costello. La camionnette était toujours là.

Dès que la nuit avait succédé à l'éclair, le petit homme s'était élancé, Momo suspendu à sa main. Il ne sentait pas la douleur, se moquait de la douleur. Mais, par colère, il projeta l'enfant contre le mur, de toutes ses forces. Momo geignit un peu, puis se tut, devenu tout mou sous son bras. Il courait, courbé en deux, comme un singe difforme, alourdi par son fardeau.

Il surgit sur le chemin, caché par les hautes haies de mûriers sauvages. Un bref coup d'œil à droite, puis à gauche. Deux véhicules stationnés, à vingt mètres de lui, un rouge et un blanc. Les voitures des flics. Bon. Il rampa dans le fossé, Momo contre sa hanche, inerte. Dépassa les véhicules. Se hissa sur le chemin. Revint lentement vers les voitures. Ramirez arpentait la route, nerveusement, trempé jusqu'aux os. Nadja, la tête à la portière, guettait les ruines, indifférente à la pluie.

Le petit homme cala Momo sur son épaule et se mit à courir sans bruit. Ramirez lui tournait le dos. Il s'accroupit à l'arrière de la voiture. Ramirez ne se retourna pas : il apercevait vaguement quelque chose s'agiter au loin devant lui, des formes indistinctes. Une voix lui parvint, incompréhensible.

Ramirez se retourna vers Nadja, une masse surgit de sous la voiture, quelque chose de dur et de douloureux s'enfonça dans son ventre, remontant vers le cœur. Il hurla. Nadja voulut remonter la vitre mais déjà une main puissante l'avait saisie aux cheveux et lui cognait la tête contre le montant de la portière. Le sang jaillit de sa plaie à peine refermée.

Le petit homme agita le corps inanimé de Momo sous son nez.

— Prends le volant ou je le crève. Vite !

Nadja, à demi assommée, se glissa péniblement jusqu'au siège du conducteur. Ses doigts eurent du mal à tourner la clé de contact. À côté d'elle, assis sur le siège du passager, le petit homme, le rasoir contre la gorge de Momo toujours immobile, les yeux clos, du sang sur le front. Les taches blêmes se rapprochaient en criant.

— Démarre, j'te dis, ou je lui ouvre la gorge...

La petite poitrine de Momo se souleva dans un râle. Nadja essuya le sang qui coulait dans ses yeux et démarra. La voiture fit une embardée. Le rasoir entailla la peau de Momo.

— Non ! cria Nadja, affolée.

— T'as qu'à faire attention. Vas-y, accélère.

— Je sais pas conduire.

— Accélère, merde !

— Je sais pas conduire, on va se tuer

Le petit homme appuya un peu plus sur la lame de rasoir. Nadja accéléra. La voiture partit en hurlant. Elle essayait de se rappeler les quelques fois au village où Moussa avait essayé de lui apprendre, pour s'amuser. La pluie lui masquait la route. Elle ne savait pas comment actionner les essuie-glaces et n'osait pas lâcher le volant pour toucher les boutons. Le petit homme aboya :

— La manette, sur ta gauche, tu la tournes pour mettre les codes. Voilà. Le premier bouton à droite, pour les essuie-glaces. Non, pas celui-là, l'autre à côté. Bon. Maintenant, fonce.

La lueur d'un coup de feu troua la nuit. Puis le mugissement d'une sirène, derrière eux.

— Plus vite ! Passe ta troisième, merde, t'es vraiment trop conne !

Nadja débraya, mal, passa la troisième, la voiture eut un hoquet puis repartit, cahotante. La sirène derrière eux se rapprochait.

— Tourne à droite après le pont.

L'aiguille du compteur marquait 70. Nadja pensa que c'était de la folie, sur une route sinueuse et détrempée, sans aucune visibilité et avec quelqu'un qui ne savait pas conduire. Mais après tout ce n'était pas plus fou que le reste.

Marcel, incrédule, avait vu des mouvements confus près de la bagnole, puis celle-ci démarrer en cahotant. Il avait forcé l'allure. Le corps de Ramirez gisait sur le sol, trempé de sang et de pluie mêlés, l'abdomen ouvert jusqu'au sternum, les yeux fixés sur le ciel sans étoiles. Costello se laissa tomber à genoux.

— Ramirez !

Il lui tapota les joues.

— Raymond ! Raymond, tu m'entends ? Capitaine, il faut appeler une ambulance, vite...

Jean-Jean ouvrait déjà la porte de l'autre voiture.

— Tu vois pas qu'il est mort ? Monte !

Il claqua la portière.

— Mais... balbutia Costello, une main sur la poitrine immobile de Ramirez.

— Monte ! aboya Jean-Jean par la fenêtre ouverte, en démarrant.

Costello grimpa, l'œil vide. Marcel courait sur la route, il tira sur la voiture blanche qui s'enfuyait. La détonation fut avalée par le vent. Jean-Jean ralentit à sa hauteur. Marcel sauta sur le siège, blême d'inquiétude. Le corps de Ramirez resta offert à l'orage.

Nadja passa le pont en trombe et tourna le volant à droite, à fond. On va mourir, pensa-t-elle brièvement. La voiture dérapa sur la chaussée, Nadja freina d'instinct, ils firent un tête-à-queue, heurtèrent le mur, se retrouvèrent dans le bon sens. Le petit homme se tenait ferme et le rasoir n'avait pas dévié de sa cible. Nadja repartit en avant, la tête en feu, la douleur palpitait dans son crâne au rythme échevelé de sa peur.

Jean-Jean s'engagea sous le pont de chemin de fer, ralentit. Droite ou gauche ? Cette putain de pluie n'arrangeait pas les choses. Ses mains pleines de boue étreignaient le volant, indécises. Il tourna à droite comme il aurait misé à la roulette. Les Dieux de la Nuit sont parfois plus cléments que les croupiers.

Deux feux, loin devant. Marcel se redressa sur son siège.

— Les voilà ! Ils roulent comme des fous...

– À sa place, je ferais pareil. Costello, ordonna-t-il, contacte Ruggeri, c'est son secteur, qu'il fasse installer des barrages, et puis appelle chez nous.

Costello s'acquitta de sa tâche, mornement. La voix de ses interlocuteurs grésillait dans l'habitacle qui puait le chien mouillé. Quand on eut réussi à le joindre, Ruggeri, le commandant de gendarmerie, confirma qu'il prenait les choses en main. Marcel aperçut les points phosphorescents de la montre de tableau de bord. *4 h 10.* Dans moins d'une heure, il ferait jour. Il songea à ses gosses. Madeleine... comme c'était loin déjà. Il avait sauté dans un autre temps, dans une nouvelle vie.

La voiture fonçait toujours sous la pluie. Nadja plissait les yeux pour mieux distinguer la route. Dans le rétroviseur, elle apercevait par intermittence les phares de leurs poursuivants.

Le petit homme connaissait bien la région pour l'avoir sillonnée en tous sens. Il lui faisait prendre des chemins de traverse, des départementales désertes jonchées de feuilles glissantes. Si seulement il n'y avait pas eu Momo, elle aurait jeté la voiture contre un arbre. De toute façon, à rouler comme ça, ils allaient se tuer, c'était sûr.

Les gendarmes dressaient les barrages sous la pluie qui ne cessait pas, leurs imperméables en plastique claquaient sous les bourrasques. Jean-Jean signala sa position. Ils n'étaient pas loin.

Le petit homme aperçut les lumières clignotantes en contrebas.

– La prochaine à gauche, tu tournes.

Nadja obéit, indifférente aux crissements des pneus, résignée. Si ce n'était pas là, ce serait au prochain virage, au prochain croisement... Elle conduisait quasiment à l'aveuglette. Son mal de tête ne lui laissait aucun répit, comme des dents pointues plantées dans le crâne.

Le petit homme essayait de se remémorer la configuration des routes. Il se retourna : les salopards derrière n'avaient pas abandonné, ils se rapprochaient même à toute allure.

— Accélère.

— Si j'accélère, on va se tuer.

— Si tu n'accélères pas, je vais le tuer.

Nadja accéléra. Que la volonté de Dieu soit faite. Mais pour ce qu'Il se préoccupait des vivants, ce n'était pas encourageant...

Momo ouvrit les yeux. Il avait mal dans le front, derrière les yeux. Il pleuvait : ça sentait la pluie et ça sentait... Maman ! Il eut un sursaut vers elle, mais la main de fer le cloua sur le siège. Il était dans une voiture, le fou était avec Maman, Maman conduisait la voiture, ils étaient perdus dans la forêt... Est-ce que c'était un rêve ?

— Maman ! balbutia Momo, les yeux brouillés de larmes.

Nadja tourna la tête vivement. Momo ! Il vivait, il parlait !

— Momo, mon chéri !

Le petit homme hurla :

— Attention !

Nadja reporta son regard sur la route. Le poids lourd surgi sur sa droite multipliait les appels de phare. Elle appuya sur le frein. Dans sa mémoire surgirent les images du film *Les Choses de la vie*. Puis le visage de

Marcel. Elle pensa à Marcel violemment, farouchement, tandis que son pied pesait de tout son poids sur le frein et qu'elle tournait le volant vers la gauche.

Le petit homme leva les bras pour se protéger le visage, dans un réflexe incontrôlable. Momo se laissa glisser à terre sous le tableau de bord, recroquevillé sur lui-même.

Le conducteur du poids lourd ferma les yeux.

La voiture grimpa sur le terre-plein central à près de 80 à l'heure, arrachant les panneaux de signalisation.

La tête du petit homme cogna violemment contre le montant de la portière et il lâcha le rasoir sous le choc. Momo posa dessus son petit pied chaussé d'une pantoufle Mickey.

La voiture glissa vers le fossé, rebondit contre la rambarde de protection, se souleva sur le nez, prête à basculer le long des flancs déchiquetés de la colline

Puis retomba lourdement sur elle-même.

Un bref silence. Le bruit d'une portière qui claque . celle du poids lourd. Le chauffeur avança d'un pas mal assuré, il tremblait.

Le son d'un moteur lancé à toute allure arracha le petit homme à son hébétude. L'arcade sourcilière fendue, il était aveuglé par le sang qui lui coulait dans les yeux. Nadja, tétanisée, serrait toujours le volant. Elle entendit la voiture se rapprocher, tourna lentement la tête. Pourvu que ce soit Marcel !

Le petit homme ouvrit la portière, saisissant Momo à bras le corps. Il se mit à courir sous la pluie. Momo se mit à hurler. Nadja bondit hors de la voiture, se tordant les chevilles à cause de ses talons hauts.

Le chauffeur du poids lourd s'avançait vers le petit homme, il tendit la main.

– Attendez ! Je vais vous aider !

Le petit homme le heurta à l'épaule sans s'arrêter. L'autre le regarda le dépasser, les yeux ronds.

– Arrêtez-le, il va piquer votre camion ! hurla Nadja, surprise de la force de sa voix.

Un camion immobile, fumant sous la pluie, une voiture au pare-brise en miettes, éclats de verre, odeur de caoutchouc chaud, Nadja titubante, Contadini qui courait, le gamin dans les bras, et le routier, bras ballants : Jean-Jean freina à mort.

Marcel et Costello jaillirent du véhicule, arme au poing, prêts à faire feu :

– Halte ! hurla Costello.

– Ne tirez pas, hurla Nadja en réponse, il a Momo !

Le petit homme s'agrippa d'une main à la poignée en fer, tirant Momo sur le marchepied.

*Ils ne me prendront jamais, jamais ! Plutôt crever avec le gamin ! Plutôt se jeter avec le camion dans le précipice. Exploser comme une étoile. Illuminer le ciel comme un de ces foutus éclairs. Brûler, brûler enfin dans son enfer, là où tout n'était que braises, et cendres, et frémissements obscurs.*

Il tira Momo vers lui. Marcel avança d'un pas. Jean-Jean le retint. Nadja se mordit la main. Le chauffeur du camion, hébété, frissonnait sous la pluie dense.

Les premiers rayons de l'aube à travers les frondaisons des arbres.

Quand l'homme l'avait soulevé, Momo avait saisi le rasoir, l'avait plaqué contre sa cuisse. Il ne réfléchit pas, ne pensa pas, ne se posa aucune question : il projeta sa main en avant et la lame s'enfonça dans le bas-ventre du petit homme comme le couteau du petit déjeuner dans le beurre.

Le petit homme hurla, la tête renversée en arrière, en loup furieux qu'il était. Momo retomba sur le sol et se mit à courir vers sa mère.

Avant que Jean-Jean ait pu dire quoi que ce soit, Costello fit feu. Il déchargea entièrement son arme dans le corps titubant du petit homme que les impacts faisaient claquer contre la portière de la cabine.

Le sang jaillissait de son corps comme de l'eau d'un sac en plastique crevé. Nadja s'étonna de ne ressentir aucune émotion, aucune horreur devant cet homme qui mourait.

Costello tira encore mais son arme était vide. Il soupira longuement, avant de rengainer à regret. Jean-Jean courait vers le corps inerte qui avait roulé en bas du marchepied. Nadja serrait Momo contre elle, lui caressait éperdument les cheveux, en lui chuchotant des choses douces. Marcel s'approcha d'eux. Sa moustache rousse dégouttait de pluie, lui donnant l'air comique d'un chat trempé. Nadja lui sourit, petit visage souillé de sang et de croûtes.

Le chauffeur du camion évita soigneusement Costello, debout, les bras ballants dans l'odeur de la poudre, et se dirigea vers Jean-Jean.

Comme si le lever du jour annonçait un changement d'acte, la pluie s'arrêta d'un coup.

Le chant des grillons, le bourdonnement des mouches reprirent aussitôt.

Une sirène de police au loin.

Marcel marcha jusqu'au petit homme et se pencha vers lui.

Les lèvres retroussées sur les dents pointues, les yeux grands ouverts, il semblait encore prêt à mordre.

*Marcel. Penché sur moi. Dernière vision du monde. Sa tête de con qui me regarde. Et au-dessus, l'étoile du matin.*

Marcel haussa les épaules et revint vers Nadja. Il souleva Momo du sol et le jucha sur ses épaules. Le gosse dodelinait de la tête, éperdu de sommeil et d'émotion.

Nadja posa sa main sur la poitrine de Marcel.

– Il faut que je te dise quelque chose...

– Je le sais.

Elle le regarda, surprise.

– Personne ne le sait.

– Moi, je le sais. T'oublies que tu vas vivre avec un flic ?

– Tu le sais et tu t'en fous ?

– Oui, je m'en fous. Je ne veux plus jamais en entendre parler, c'est tout.

– J'avais besoin d'argent.

– Je me fous aussi de tes excuses. Je t'aime.

La fourgonnette de la gendarmerie, suivie de motards, stoppa près d'eux. Un gradé en jaillit qui se dirigea vers Jean-Jean. Costello fumait, lentement, bouffée après bouffée, avec application. Il se demanda si les petits prédateurs des champs avaient déjà attaqué le corps de Ramirez.

L'ambulance arriva. Un infirmier donna un cachet au chauffeur du poids lourd, choqué. Un autre tâta la tête de Nadja, examina brièvement Momo dans les bras de sa mère, leur fit promettre de passer à l'hôpital le lendemain.

Dans un élan de camaraderie virile, Jean-Jean serra

la main de Marcel. Pauvre Blanc, sa première femme venait de se faire assassiner et il se remariait avec une pute de couleur. Décidément, il y avait des types qui attiraient la poisse. Mais c'était un bon flic. Il le recommanderait pour le tableau d'avancement.

Marcel serra la main de Jean-Jean. Un sale con ce Jean-Jean, mais un bon flic. Comme quoi rien n'était jamais ni tout blanc ni tout noir. C'était comme pour Nadja. Elle n'était pas parfaite, mais c'était celle qu'il voulait.

Nadja frissonnait de froid, de fatigue, de tension nerveuse. Marcel et Jeanneaux se serraient la main de cet air important qu'ont les hommes quand ils sont contents d'eux. La moustache de Marcel pendait comme du poil de chien mouillé. Elle eut envie de la caresser, se retint. Jean-Jean était un gros macho, Marcel un brave homme et un homme brave, la grisaille de la nuit cédait la place aux couleurs lumineuses de l'aube et son fils était vivant.

Momo s'était endormi.

*À six heures cinq, ce mardi 24 août, mon corps est parti pour la morgue.*

# ÉPILOGUE

Deux heures plus tard, le verdict était rendu : moi, le roi des prédateurs, le Couturier de la Mort, je devais revenir sur terre sous la forme d'une stupide fliquesse et intégrer l'équipe de cet enfoiré de Jeanneaux !

Depuis lors, ma mort est un enfer.

Les Quatre Fils du Dr March
*Seuil Policiers, 1992*
*et « Points Thriller », n° P617*

La Rose de fer
*Seuil Policiers, 1993*
*et « Points Policier », n° P104*

Ténèbres sur Jacksonville
*Seuil Policiers, 1994*
*et « Points Policier », n° P267*

La Mort des bois
*Grand Prix de littérature policière*
*Seuil Policiers, 1996*
*et « Points Thriller », n° P532*

Requiem Caraïbe
*Seuil Policiers, 1997*
*et « Points Policier », n° P571*

Transfixions
*Seuil Policiers, 1998*
*et « Points Policier », n° P647*

La Morsure des ténèbres
*Seuil Policiers, 1999*
*et « Points Policier », n° P727*

Ranko Tango
*(en collaboration avec Gisèle Cavali)*
*Seuil, « Fiction jeunesse », 1999*
*et « Points Virgule », n° 69*

Passagère sans retour
*(en collaboration avec Gisèle Cavali)*
*Albin Michel, « Le Furet enquête », 1999*

Panique aux urgences
*(en collaboration avec Gisèle Cavali)*
*Rageot, 2004*


La Mort sous contrat
*(en collaboration avec Gisèle Cavali)*
*Magnard Jeunesse, 2004*


Le Chant des sables
*Seuil Thrillers, 2005*
*et « Points Thriller », n° P1972*


Le Maléfice d'Isora
*(en collaboration avec Gisèle Cavali)*
*Magnard-Jeunesse, 2005*


Nuits noires
*nouvelles*
*Fayard, 2005*


Seules dans la nuit
*(en collaboration avec Gisèle Cavali)*
*Rageot, 2006*


Une âme de trop
*Seuil Policiers, 2006*
*et « Points Thriller », n° P1828*


Scènes de crime
*Thierry Magnier, 2007*


Le Règne de la barbarie
Les Cavaliers des lumières vol. 1
*(en collaboration avec Gisèle Cavali)*
*Plon Jeunesse, 2008*


Reflet de sang
*Seuil Thrillers, 2008*
*et « Points Thriller », n° P2064*

Le Miroir des ombres
Les aventures de Louis Denfert vol. 1
*10/18, « Grands détectives », 2008*

La Danse des illusions
Les aventures de Louis Denfert vol. 2
*10/18, « Grands détectives », 2008*

La Voie des chimères
Les Cavaliers des lumières vol. 2
*(en collaboration avec Gisèle Cavali)*
*Plon Jeunesse, 2008*

Vague de panique
*(en collaboration avec Gisèle Cavali)*
*Gallimard Jeunesse, 2009*

Projections macabres
*10/18, « Grands détectives », n° 4229, 2009*

Totale Angoisse
*Thierry Magnier, 2009*

Vampyres, vol. 1
*(en collaboration avec Ann Scott et Colin Thibert)*
*Dupuis, 2009*

RÉALISATION : IGS-CHARENTE-PHOTOGRAVURE À L'ISLE-D'ESPAGNAC

 Cet ouvrage a été imprimé en France par
CPI Bussière
à Saint-Amand-Montrond (Cher)
en mars 2010.
N° d'édition : 102501. - N° d'impression : 100350.
Dépôt légal : avril 2010.

# Collection Points Thriller

# Collection Points